国家出版基金项目
NATIONAL PUBLICATION FOUNDATION

华北抗日根据地及
解放区文艺大系

陈　晋　郑恩兵　主编

《晋察冀日报》
文艺文献全编

诗歌

第一卷

马春香　编

河北出版传媒集团
河北教育出版社

图书在版编目（CIP）数据

《晋察冀日报》文艺文献全编．诗歌．第一卷／马春香编．-- 石家庄：河北教育出版社，2023.12
（华北抗日根据地及解放区文艺大系／陈晋，郑恩兵主编）
ISBN 978-7-5545-7659-5

Ⅰ．①晋… Ⅱ．①马… Ⅲ．①文艺－作品综合集－世界－现代②诗集－中国－现代 Ⅳ．①I11 ②I226

中国国家版本馆 CIP 数据核字 (2023) 第 064055 号

书　　名　《晋察冀日报》文艺文献全编·诗歌·第一卷
JINCHAJI RIBAO WENYI WENXIAN QUANBIAN SHIGE DI-YI JUAN
编　　者　马春香

责任编辑　刘书芳　刘　明
装帧设计　郝　旭
出　　版　河北出版传媒集团
河北教育出版社　http://www.hbep.com
（石家庄市联盟路705号，050061）
印　　制　石家庄众旺彩印有限公司
开　　本　787毫米×1092毫米　1/16
印　　张　18.5
字　　数　231千字
版　　次　2023年12月第1版
印　　次　2023年12月第1次印刷
书　　号　ISBN 978-7-5545-7659-5
定　　价　110.00元

丛书编委会

编纂说明

在中国共产党百年发展历程中，文艺始终是党领导人民开展进步事业的有机组成部分，是党在各个历史时期的中心工作的实时反映和重要推动力量。“华北抗日根据地及解放区文艺大系”，是一部全面展示抗日战争和解放战争时期华北地区党的历史创造、奋斗风采和形象建构的大型革命历史文艺文献丛书，对于深入研究华北地区革命文艺史、红色新闻史，弘扬伟大建党精神、梳理中国共产党人精神谱系，是必不可少的第一手资料，是我们在新时代坚定树立文化自信的重要思想资源。

一、编纂缘起

抗日战争及解放战争时期，华北地处各方政治与文化力量激烈博弈的前沿，这种特殊政治、军事、文化、地理环境中产生的革命文艺，具有鲜明的地域性特征，是五四新文化运动以来的革命文艺发展史上的突出标识。

但一直以来，由于史料文献整理不足，对华北抗日根据地及解放区文艺的研究，始终未能深入，其独特的地域性实践价值和蕴含的文化创新意义被严重遮蔽。这些史料文献主要以党报党刊的形式呈现，梳理汇编这些党报党刊中的革命文艺史料，借之以探索华北革命文艺的发展路径、发展方向、创造机制和创新经验，是深入贯彻习近平总书记关于“把红色资源利用好、把红色传统发扬好、把红色基因传承好”，“用好红色资源、赓续红色血脉”等系列重要讲话精神的有力举措，也是新时代文艺研究者不可推卸的责任。

2017 年 6 月左右，我们去中国社科院文学所拜访时任所长刘跃进先生，协商合作研究事宜，寻求中国社科院文学所的帮助。请教过程中，刘先生建议我们结合地方特色，做好地方红色文艺文献的搜集整理与编纂出版工作。经过一段时间筹备，2017 年底，我们以“河北红色经典系列丛书”为名，正式申报“2018 年度河北省省级宣传文化发展专项资金”项目并成功立项，旨在通过选定刊行河北红色经典作品、梳理汇编河北红色经典研究资料、系统阐述河北红色经典发展历史等基础性工作，打造一个集大成式的河北红色经典文献资料库。

项目最初设计共二十四卷，包括六大板块：《河北红色经典史》一卷、《河北红色文艺作品选》六卷、《河北红色经典作家作品索引》三卷、《河北红色经典研究资料汇编》四卷、《〈晋察冀日报〉副刊文学作品全编》六卷、《晋冀鲁豫抗日根据地文艺作品及〈新华日报〉太行版文艺作品汇编》四卷。但在项目实施过程中，我们充分吸收专家意见，认为网络时代和大数据背景下的科研活动有了很大变化，《河北红色经典作家作品索引》与《河北红色经典研究资料汇编》的编纂工作，在当前学术生态中价值不大，并予以取消。同时，在项目实施过程中我们发现，《晋察冀日报》《人民日报》等党报除刊发大量文艺作品外，还有大量记录边区文艺工作者行迹，反映边区戏剧、音乐、文学、美术、舞蹈、曲艺活动与报刊书籍出版发行等各方面情况的文艺史料，以及体现我党文艺方向、方针变化的政策文件与重要领导讲话，是华北地域党和人民对敌作战的重要宣传武器，更是飘扬在华北地区军民心中一面旗帜。这些史料是华北地域革命文艺发生、发展与壮大的真实记录，对我们正确认识革命文艺的特点与历史地位有重要的决定性作用。

为此，我们精心整理了《〈晋察冀日报〉文艺文献全编》《晋冀鲁豫〈人民日报〉文艺文献全编》《〈晋察冀画报〉文艺文献全编》《晋察冀日报社人物志》（共五十一卷），同时收入全国抗战时期和解放战争时期与河北地域相关且被广大群众所喜爱并广泛传唱的红色文艺作品，结集为《河北红色文艺作品选》（共六卷），至此形成丛书目前的五大板块，而且将名称由“河北红色经典系列丛书”改为“华北抗日根据地及解放区文艺大系”，方便以后在此基础上做进一步拓展。

二、地域范围及文艺特质

华北抗日根据地包括当时山东、河北、山西、察哈尔、绥远、热河全部及豫北、苏北、皖北部分地区，分晋绥、晋察冀、晋冀豫、冀鲁豫、山东五大块。1941 年，冀鲁豫合并到晋冀豫，称晋冀鲁豫。其中晋察冀抗日根据地作为开辟最早、地域最大、人口最众的模范抗日根据地，是华北抗日根据地的坚强堡垒，牵制和抗击了三分之一以上的华北日军和二分之一的伪军。

在河北及其邻省周边地区开辟与创建华北抗日根据地，是红军长征到达陕北之后党中央迅速做出的重大战略决策。这些根据地地处对日武装斗争最前线，不仅打开了抗战的新局面，成为华北敌后抗战的主战场，而且进行了新民主主义社会的实践探索，对解放战争的历史进程产生了巨大影响，成为我党开辟东北解放区的前进基地和逐鹿中原的战略后方。随着抗日根据地的开辟，延安文艺工作团、西北战地服务团、东北促进纵队干部队、八路军总政治部前线记者团等大批文艺工作者，随同党政干部一道陆续抵达华北，东北、平津的青年学生也纷纷冒着生命危险来到边区。他们一手拿枪，一手拿笔，深入农村与抗战前线，切身体会工农兵的生活，深刻了解工农兵的需求，从而根本上克服了艺术至上主义思想倾向。所以，华北抗日根据地及解放区文艺，既响应了伟大的民族抗战对文学艺术提出的时代要求，亦充分兼顾到广大人民群众的接受习惯和欣赏水平，真实地反映了华北人民火热的战斗与生产生活。很多作者本身就是农民、战士或基层工作者，他们把自己的经历和熟悉的人和事，通过小说、戏剧、诗歌、报告文学、歌曲、绘画、舞蹈等文艺样式记录下来，语言通俗平实，富有生活气息。由于产生于特定时代、特定区域而又适应特定需要，故而无论是题材、语言还是风格，在体现革命大众文艺共性的同时，又具有强烈的华北地域特性。

华北抗日根据地及解放区文艺的繁荣发展，是专业文艺工作者与工农兵群众共同创造的结果。人民群众不仅是革命文艺运动的主导主体、推进主体、受益主体，还是一切成败得失的评判主体。华北抗日根据地及解放区文艺，归根结底，是“以人民为中心”的文艺。

三、学术价值

今天的河北在抗日战争、解放战争时期是晋察冀、晋冀鲁豫两大根据地的中心区域，有着悠久的革命历史传统和丰厚的红色文化底蕴。据不完全统计，抗日战争和解放战争期间，仅晋察冀边区专区以上就办有报刊四百余种，编印图书五百余万册。如果将这种统计扩大到环绕河北的整个华北抗日根据地及解放区，时间扩展至从中国共产党成立到中华人民共和国成立，数据更为可观。这些红色图书、报刊的出版发行，团结了一大批来自全国各地的著名革命文艺家和专业文艺工作者，其中有大量文艺相关信息，是研究近现代中国革命文艺的重要史料。但因受当时物质条件及复杂局势影响，它们传播范围有限，保存困难，如今已普遍出现老化或损毁现象，面临着消失、断层的危险。

长期以来，由于对抢救、整理和利用红色文艺文献的意义认识不足，现行的科研评价、出版机制亦难以有效刺激科研工作者积极从事老旧报刊等红色文艺文献的系统整理，大量有待整理的红色文艺文献尚未进入学界的视野。特别是华北抗日根据地及解放区的文艺文献，有很多甚至还是学术盲区。如《冀中导报》《救国报》《边政导报》《冀南日报》《团结报》《前进报》《新察哈尔报》《冀热察导报》等各类党报，以及《冀热辽画报》《冀中画报》《北方文化》《五十年代》《新长城》《新群众》《诗建设》《诗战线》等期刊，虽有部分学者对其办报（刊）历程、思想以及传播等方面予以研究，但均无系统的文艺文献整理本。“华北抗日根据地及解放区文艺大系”整理的《晋察冀日报》、晋冀鲁豫《人民日报》、《晋察冀画报》，是当时华北抗日根据地及解放区党报党刊的典型代表，是党的理论和实践同文艺结合的主要媒介和载体，是华北革命文艺重要的传播平台。这些报刊，既客观记录了华北革命文艺的传播与发展，也完整展现了华北革命文艺的特殊使命与风格特征，具有极其重要的史料价值。在此基础上，我们还会将视角延伸到《晋绥日报》《新华日报·太行版》《新华日报·太岳版》等党报，不断地充实这套大型文献史料丛书，以此来系统建构华北抗日根据地及解放区的“文艺史料学”。

四、丛书特色

这套丛书的编纂，主要以抗日战争及解放战争期间华北境内各根据地、解放区出版、发行、制作之图书、期刊、报纸等红色文献中的文艺资料为内容。编纂特色主要包括：

（一）抢救珍贵历史文献，弘扬伟大建党精神。

华北抗日根据地及解放区的红色文献发行于条件艰苦的战争年代，数量少，印制质量粗糙，历经岁月的洗礼，留存下来的品相完好者已经很少，有些到今天已成孤本。这些文献作为特定历史时期和区域的产物，见证了中国共产党领导华北人民争取民族独立和人民解放的伟大历程，反映了华北近代社会的巨大变化，蕴含着珍贵的史料价值和鉴往知来的现实意义，是中国共产党领导的文艺事业、新闻出版事业与意识形态建设发展的历史见证。它们诠释了党的初心和使命，蕴含着坚定的理想信念与崇高的革命精神，到今天仍然具有强大的感染力与说服力，是陶冶情操、磨炼意志，走好新时代长征路的有效精神资源。抢救性搜集、整理与研究这些珍贵历史文献，有利于增强党政干部政治信仰，弘扬伟大建党精神和践行社会主义核心价值观。

（二）文艺与党史密切融合，拓展革命文艺与党史研究的新视野。

革命文艺作品的创作、发表和传播，和党的历史任务和奋斗实践是分不开的。在艰苦卓绝的革命岁月，奋斗前行的中国共产党始终强调，既要拿“枪杆子”，也要拿“笔杆子”。革命的文艺工作者，一手拿枪，一手拿笔，深入农村与抗战前线，以人民大众易于接受和欣赏的形式，宣传党的政策，推行党的方针，为中国共产党顺利完成不同历史阶段的中心任务和伟大使命发挥了独特而重要的作用。本套丛书收入的文献史料，主要是抗日战争与解放战争时期党报党刊中的文艺作品与文艺史料，它们鲜明生动地体现了党的历史，党领导人民争取民族独立、人民解放的奋斗历程和精神面貌，从而为学界从文艺角度研究党史和从党史角度研究文艺提供了有力支撑。

（三）作品汇编与史料梳理并行，还原革命文艺的历史场域。

“华北抗日根据地及解放区文艺大系”的编纂，全面辑录华北抗日根据地及解放区党报党刊上刊登的诗歌、小说、戏剧、报告文学、散文、歌曲、版画等文艺作品，并系统梳理当时文艺发生、发展、传播以及社会各界文艺活动的各类消息和报导，同时选编了大量的河北红色文艺作品作为补充。这种文艺史料与文艺作品的配合整理，还原了革命文艺的历史场域，有利于构建对革命文艺的科学认识。

五、丛书内容

（一）《〈晋察冀日报〉文艺文献全编》共三十八卷：

诗歌三卷

戏剧一卷

小说二卷

文艺评论三卷

文艺史料九卷

外国文艺二卷

散文报告文学十七卷

歌曲版画一卷

（二）《晋冀鲁豫〈人民日报〉文艺文献全编》共十一卷：

诗歌一卷

戏剧、小说、文艺评论一卷

散文报告文学五卷

文艺史料四卷

(三)《〈晋察冀画报〉文艺文献全编》一卷

(四)《晋察冀日报社人物志》一卷

(五)《河北红色文艺作品选》共六卷:

诗歌一卷

戏剧一卷

散文一卷

小说三卷

六、编纂体例

(一)整套丛书题材丰富、门类众多,在体裁上不做强行统一。

(二)丛书中所录作品均为当年报刊发表的原文。为确保丛书的文献性、学术性、专业性和资料性,丛书编辑加工的总原则为保持文献原貌,内容上不做改动。

(三)文字的使用

1. 丛书中文字的使用以2013年教育部、国家语言文字工作委员会公布的《通用规范汉字表》为准。

2. 丛书中的古体字、通假字、俗体字,以及所涉及姓名字号、职官地理等专用字,均予保留。

3. 丛书原文字迹模糊残损,但仍可辨认或可依上下文校正,以字外加方框“□”表示;原文缺字或无法辨识,且无法校补,每字以一个方框“□”表示;如无法统计所缺字数,则以“▱”表示。

4. 丛书中数字的使用,保持原貌。

（四）标点符号及其他符号的使用

1. 丛书在不改变原文意义的情况下，将旧式标点改作现行标点符号。

2. 丛书原文中出现代表文字的符号，如“×”“△”“○”“▲”等，保持原貌。

3. 丛书原文中的着重号、专名号等不再保留。

（五）其他

1. 丛书原文中的注释，保持原貌；编者亦出部分注释，供读者参考。

2. 因为原始文献本身产生于战争年代，保存不易，漫漶不清处较多，丛书疏误之处在所难免，希望专家读者批评指正。

七、鸣谢

本套丛书得以顺利面世，要特别感谢中共河北省委宣传部、河北省社会科学院、河北教育出版社的资金支持，以及北京大学陈平原教授、中国社科院文学所刘跃进研究员、南开大学文学院李扬教授、河北师范大学文学院王长华教授等，为丛书编纂提供了多方面的学术支撑；晋察冀日报社老报人及报史研究会诸位老师，中国社科院文学所现代室、中国丁玲研究会、中国现代文学馆各位专家，也在丛书编纂过程中提出了许多建设性意见；院内外的数十位年轻科研工作者，在原文录入和校对方面付出了艰辛劳动，确保了项目的顺利进行。在此一并致谢。

把艺术交给大众（代序）

——祝贺“华北抗日根据地及解放区文艺大系”结集问世

中国社会科学院　刘跃进

由河北省社会科学院文学研究所编纂、河北教育出版社出版的“华北抗日根据地及解放区文艺大系”结集问世，值得庆贺。

文艺是时代前进的号角。1937 年 7 月 7 日，卢沟桥事变爆发，全面抗战由此而起。广大的爱国知识分子和青年学生，表现出同仇敌忾的民族气节，走出书斋，走出校园，用知识，用智慧，用不屈的精神力量唤醒民众，用实际行动担负起抗日救亡的历史重任。在此后的岁月里，延安文艺和华北抗日根据地及解放区文艺，是中国共产党领导下的两大主体，双峰并峙，展示着那个时代的风貌，引领了那个时代的风气。

随着抗日根据地的开辟，延安文艺工作团、西北战地服务团、东北促进纵队干部队、八路军总政治部前线记者团等大批文艺工作者，随同党政干部一道陆续抵达华北，东北、平津的青年学生也纷纷冒着生命危险来到边区。他们一方面积极创作大量街头剧、活报剧、街头诗、墙头小说、木刻版画、歌曲、舞蹈等革命文艺，开展抗日救亡宣传运动；一方面也通过开办文艺干训班，开展各行业、各阶层甚至全民的文艺创作与评选活动，吸引工农兵群众加入文艺队伍，掀起了“晋察冀一周”“冀中一日”等具有深化性质的群众写作运动，以及“创造模范村剧团”“穷人乐”等群众戏剧运动，为晋察冀文艺史添上了浓墨重彩的一笔。

说到这里，我想起2009年参加《北平学生移动剧团团体日记》捐赠仪式的一段往事。从1937年到1938年，在中国抗战史上唯一以大学生组成的“北平学生移动剧团”在长达一年半的时间里，历尽艰难，转辗于国民党第五战区的各个战场，演出话剧，创办报纸，宣传抗日，鼓舞斗志，谱写出响彻云霄的时代赞歌。移动剧团的成员每人一周轮流记述，用日记形式记录了那段不平凡的岁月，《北平学生移动剧团团体日记》就是这部历史的记录。它不是写给个人看的私密记录，也不是为将来面世扬名。作者完全出于一种历史责任，真实客观地记录了那段鲜为人知的历史，体现出强烈的史家意识。日记封面上有这样一段题记，“北平学生移动剧团·愿我永恒·中华民国二十七年二月二十三日始·璧华”。孤立地看这部日记，也许没有什么轰轰烈烈的战斗业绩，也没有什么感人肺腑的情感纠结。客观、平实是它的本色，正是这种本色，为那个历史年代留下一段真实。“北平学生移动剧团”的抗日活动，是文艺工作者投身抗日洪流中的一个历史缩影。

随着抗战的胜利，察哈尔省会张家口解放，晋察冀文协、晋察冀剧协、晋察冀音协、晋察冀美协、晋察冀通讯社、晋察冀边区剧社、晋察冀日报社、晋察冀画报社等文化团体随中共晋察冀中央局和军区领导先后开赴华北根据地，一大批文艺工作者也随之来到华北，开展丰富多彩的文艺活动。他们坚持毛泽东《在延安文艺座谈会上的讲话》中指出的方向，一手拿枪，一手拿笔，深入农村与抗战前线，既为切身体会工农兵的生活，也为深刻了解工农兵的需求，从而在根本上克服了自身相当普遍和严重的艺术至上主义思想倾向，为工农兵而创作，为工农兵所利用，以人民大众易于接受和欣赏的形式，普遍写人民大众的生产战斗故事。譬如左翼作家邵子南，于 1938 年 10 月随西战团到晋察冀，主持战地社日常工作，主编《诗建设》；1943 年整风运动后，他到阜平任小学教员，在反“扫荡”中与群众、民兵一起转移、战斗，还直接在五丈湾跟随李勇的游击组对日寇展开地雷战；1944 年 5 月随团回延安，在鲁艺任教，后调陕甘宁文协搞专业创作，开始大量创作反映晋察冀边区生活的小说。他以亲身体验为基础创作的短篇小说《李勇大摆地雷阵》（后改为《地雷阵》），运用阜平农民群众的语言，以口语化方式讲述了爆炸英雄李勇的抗日故事，明显吸取了民间说唱文学的优点，特别是在白话叙述中还插入不少快板式的韵白，更适合群众的喜好，因而在当时广为流传，家喻户晓，起到了很大的宣传鼓动作用。其他作品，如《荷花淀》《太阳照在桑干河上》《漳河水》《赶车传》《王九诉苦》《孟祥英翻身》《新儿女英雄传》《白求恩大夫》《我的两家房东》《穷人乐》《李殿冰》《戎冠秀》《没有共产党就没有中国》《团结就是力量》《没有土地的人们》《白毛女》等，都是成功的文艺典范，在现代中国文学史上占据比较重要的位置。

在华北抗日根据地及解放区的文艺创作成果中，还有数以万计的文艺作品和极具研究价值的文艺史料刊发在根据地及解放区所办的报刊上。很多作者，本身就是农民、战士或基层工作者。他们把自己的经历和熟悉的人和事，通过小说、戏剧、诗歌、报告文学、歌曲、绘画、舞蹈等文艺样式记录下来，语言通俗，富有生活气息。人民既是历史的创造者，也是历史的见证者；既是历史的“剧中人”，也是历史的“剧作者”。让故事中的人物自己编词、自己表演的创作方式，很好地反映出人民的心声，并让人民群众从生动活泼的艺术作品中得到教育，这确实是一个成功的尝试。

配合党的中心工作，“把艺术交给大众”，通过文艺唤醒大众，这已成为华北文艺工作者的自觉意识。他们积极响应伟大的民族抗战对文学艺术提出的时代要求，充分兼顾到广大人民群众的接受习惯和欣赏水平，创作了大量的作品，真实地反映了燕赵儿女火热的战斗与生产生活，起到了良好的宣传教育与鼓动激励效果。刘萧无编排新闻报道剧《李殿冰》，编剧与演员一起住到李殿冰家里，以便于熟悉主人公的生活，搜集真实生动的群众语言，还模仿他们的动作，理解他们的心理，甚至还让主人公李殿冰等直接参与剧本的修改和编排。描写群众的生活，邀请群众参与创作，这是当时文艺工作者走群众路线的生动体现。该剧演出后获得当地老百姓的极大赞赏，鲁中实验剧团还专门学习该剧的创作方法，创编了三幕五场话剧《过关》。艾思奇《前方文艺运动的新范例》更是誉其开创了前方文艺的新范例。抗敌剧社的《王老三减租小唱》、冀中火线剧社的话剧《我们的母亲》，也都具有这种特色。

这些文艺作品，可能略显仓促，有的甚至急就于战火中，所以在素材提炼、人物形象塑造以及语言的使用、细节的刻画等方面还有很多不足。但是，这不是一般意义上的创作，而是燕赵大地为争取民族独立、人民解放的集体记忆和行动号角，是中国革命事业的重要组成部分。华北抗日根据地及解放区的文艺，有很多这样未经沉淀的纪实作品，不管其艺术性如何，但在发动群众、组织群众、铸就抗击日寇和国民党反动派铜墙铁壁方面，发挥了无可替代的作用。20 世纪五六十年代，河北地区涌现出大量的红色经典，便是华北抗日根据地及解放区文艺的传承和发展。

2017 年 6 月，河北省社科院文学所郑恩兵所长来京与我们协商合作研究事宜。我根据所了解的信息，建议他们结合地方特色，做好地方红色文艺文献的搜集整理与编纂出版工作。“华北抗日根据地及解放区文艺大系”就是那次商讨的成果。全书由五个部分组成：第一部分为《晋察冀日报》文艺文献全编，第二部分为晋冀鲁豫《人民日报》文艺文献全编，第三部分为《晋察冀画报》文艺文献全编，第四部分为晋察冀日报社人物志，第五部分为河北红色文艺作品选。全书收录各种文体的作品六千余种，包括小说、诗歌、文艺评论、戏剧、报告文学、散文、文艺通讯、美术、书法和音乐、文艺史料，还有文艺信息、文艺广告，基本涵盖了华北抗日根据地及解放区的文艺创作情况，具有很高的研究价值。

时值中华人民共和国成立七十五周年之际，我们有机会阅读这部皇皇五十余册的“华北抗日根据地及解放区文艺大系”，更加深切地感受到新中国的建立真是来之不易，她是无数条战线的可歌可泣的人们不懈奋斗的结果。在这样一个特殊的日子里，我们感念当年那些有名无名的作者，感谢参与整理工作的学者，当然，更要感激我们这个伟大的时代。

目录

捉　虱　子

丁丁

脱下衬衫披上棉袄，
坐在有阳光的墙角下；
挽上袖子，
准备和虱子开展无情的斗争。
沿着衣缝来看，
好像推进在铁路的干线，
一个两个三个，
渐渐地发现，
小子！哪跑？
好大的个，真肥！
可把我咬苦哩！
没良心的东西！
我跑步爬山的汗把你养大，
反来吃我，
吸抗日军人的血，与汉奸有什么区别？
呀！又是一个更大。
吓！有没有你们的大本营？
好！全部消灭！
哟！集合号响了，
咳！裤子上的算便宜哩！
告诉你们，
不是我每天忙得要死的话，

早把他们肃清绝尽。

（《抗敌报》1938 年 2 月 16 日）

华北的哨兵

鸿

他的胸膛，
长城岭似的高，
在坡头
挺着。
像皮球的起伏！
吐出层层的云雾，
围绕住
祖国的战旗，
给他维护，
不让野兽的泡沫
染污
那蓝天的阳辉！

他还瞪起那圆凸的眼珠，
飞射向深远的森林、草树，
找着奸细和敌人的影迹，
让他眼里的火焰

把它们烧成灰土。
因为，
这里是咱们的国土，
美丽的画幅
不许印上那豺狼们的臭足！

一九三八年六月二十九日

（《抗敌报》1938年7月3日）

追悼我们的死者

鸿

民族的英雄！
前卫的战友！
从今，
你们都放下了刀矛，
永逝了！
可是，
你们曾经英勇地奋斗！
你们杀死了不少的日寇！
看吧！
血染红了你们的战袍，
血染红了祖国的花草。
大风暴，

激起了，血的洪涛，
淹没尽那些侵略的强盗！
然而，
你们放下的刀矛，
我们把它举起来了！
杀上敌人的头，
砍出敌人的脑，
随着黄河之水的巨流，
在田野、在山沟，
不断地流，
滚滚地流，
卷去一切血痕，
到那东海的尽头！

一九三八年七月二日

（《抗敌报》1938年7月3日）

历史的壮观

殷洲

抗战的烽火，
燃遍了，
华北的广原；
太行的军号，

响过了，
腥血的疆场。
——这是历史的壮观。
中华民族为了自由解放，
要把日本帝国主义推翻！

晋察冀边，
在敌人后面，
血战的一年，
胜利像一串珠链，
保卫了我们的人民万千，
逃脱了亡国痛苦的熬煎！
在世界人类的面前，
昭示最后胜利的明天！

（《抗敌报》1938年7月3日）

悼周建屏同志

舒同

你是一个老同志，
在八路军里面又是一个阅历最深的老干部。
短短的体材，瘦小的面部，
一双圆眼，几根粗胡；

穿的衣服，十分朴素；
这是我在瓦窑堡，与你见面的端初。

听说！你来自江西，来自宁沪。
通过一切危险，
忍受一切困苦，
曾经是红军中勇敢的指挥员，
曾经是赣东北广大劳苦群众的解放支柱。
我有说不出的羡慕，
我在你的周围踌躇。

卢沟桥的炮声震荡，
我们都随队北上。
我在总部，
你在三四三旅当副旅长。
太原失守之后，
我们都被留在这晋察冀的战场上。
一转瞬间你竟领导起第四分区的广大武装，
大大小小打了好几次胜仗，
吓得日本鬼子发慌，
晋察冀有力的屏障。

谁知，谁知六月十三日，
你竟一病而亡！
医生说你是积劳致伤。
为国尽瘁，

在你固无余憾，
可是民族解放的事业未完，
我们后死者能不感伤！
从此晋察冀军区，不，中华民族，
失去了一位有为的健将！

好吧，横竖我们是虎口余生，
只有这样光荣的痛快的死，
中华民族才能够自力更生。
我愿继续你的精神，
不怕苦，
不怕病，
不怕牺牲，
勇敢地站在最前线，
为中华民族的独立自由解放而战。

一九三八年六月二十五日

（《抗敌报》1938年7月3日）

征　　途

催笛

我们踏上了征途，
六月的风，温暖的，

太阳在晴空上照耀。

过一片树林、一条河、一列土墙屋，
当我们踏着松软的村路，
祖国，富丽的，
我们沉醉于强烈的暖土香了。

荒草健壮地，顽强地，
在平野上伸展着，
攀过一个峻山，再一个峻山，
涉急流的河水呵，
广大的祖国，荒芜，美……
我们迎着风悲壮地吼叫。

我们，一阵狂飙，
在亚细亚的原野上回卷着：
“奴隶需要战斗呵！”

（《抗敌报》1938 年 7 月 9 日）

留着青纱帐

温拓

青纱帐，
我们的城墙！

我们握着刀，握着枪，
在它的荫蔽下来来往往，
不分昼不分夜来来往往。
叶缝里梗缝里，
我们瞄准敌人就放，
一个个弹子，
打□敌人的胸膛。
叶蓬里梗蓬里，
我们的刀闪着光，
我们的枪闪着光。

青纱帐，
我们的城墙！
它保护我们，
它养活我们。
敌人就是用刺刀，
逼在我们的胸膛，
我们也不把庄稼斩光，
死也不能弄倒青纱帐，
让敌人抢去田地、米粮！
我们要一手握着镰刀，
一手握着枪，
守住青纱帐！

青纱帐，
我们的城墙！

我们要留着它，
留着我们的城墙，
好守住我们的家乡，
守住我们的田地，
守住我们的米粮。
我们用心保护，
让它长得高大、久长。
留着青纱帐，
伴着我们冲锋打仗，
直到我们胜利的时光！

（《抗敌报》1938年8月27日）

警告希特勒

韦平

啊！亲爱的希特勒
那是一团火呀
你还是放下来
它会烧烂你的皮毛
烧焦你的心脏
不要儿戏吧
那火正熊熊地燃着哩
放下来！亲爱的希特勒呀

那套魔术生涯
我说是破产了
亲爱的希特勒呀
不要装聋吧
压榨下人民的“咕噜”
我听见了的
“大炮飞机”
真能“代替牛油”吗
说呀，你又不是哑子
至于……
奴隶吗
自由吗
英勇的捷克人
早已决心了
亲爱的希特勒呀
装聋做瞎“干吗”呢
看呀，看呀
那放着光亮的刀
在捷克人的手上
枪已经早实了子弹
英勇的捷克人
他们会向亲爱的敌人开枪的
亲爱的希特勒呀
我向你保证
捷克人不是孤立的哩
那鲜血里挺着的
是他西班牙的弟兄

中国的弟兄呀
哼！还有
他那伟大苏联的弟兄
法国以及全世界的……
唏！你东方的伙伴吗
亲爱的希特勒呀
他的泥脚
在中国人的鲜血里
陷溺了
弗郎哥将军
不要吹牛
那个“偷人”的孀妇
我看也快要投地中海了啊

放下来！亲爱的希特勒
不要儿戏吧
那火正熊熊地燃着
你那漂亮的呢制服
小心给它烧毁了
多么污秽丑恶的骷髅呵
在千万人民的面前
你钻进地球吗
土硬着哩

（《抗敌报》1938年9月6日）

欢迎敌区武装归来将校

孙毅

你们——
英勇的抗日将士，
祖国的英豪！
你们，
不愿受日本鬼诱惑，
更不甘心敌寇的
凶恶残暴！
它虽千方百计地
叫你们上他的道，
但——
你们掉转了枪刀
去为祖国解放而奋斗！
你们代表了
中华民族优秀的儿女，
激奋了
在日寇铁蹄下的
祖国同胞。
他们一定为你们的
伟大事业
继续奋斗。
亲爱的祖国英豪！
我们——

手牵着手，
不要放松！
誓歼日寇！

（《抗敌报》1938 年 9 月 16 日）

给——我在东北的母亲

——在“九一八”七周年的今天

韦平

母亲啊！
你还记得的
那凄楚而恐怖的夜呵！
北斗星不照向人间，
乌烟荫蔽了
八月天空的蔚蓝。
墙角边，父亲手栽的杨树下，
你的叮嘱：
“平儿！勇敢些！
青年人，要……
祖国的温暖。”
我战栗着，
怕击动你破碎的心弦。
我无言地掉转了头，

我开始走，
我的心冰冷了！
冰冷的心追求着，
“祖国的温暖”……
一年，两年……
我的心蒙上了
流年揉成的凄迷的阴霾，
母亲啊！
祖国的怀抱中，
阴冷、沉闷……
使我窒息！
一度度的秋风，
故园暖土上，
强烈高粱熟的香气呵；
我向渺茫的空气去嗅，
母亲啊！
我失望地饮泣，
无数的夜里，
我遇见了你，
你头发越加苍白了，
时月在你额上，
刻画着更深的皱纹；
干凹的双颊，
残留着历日的泪痕。
夜空里，你跪拜了下去，
抬起头来你遥指西天的寒星，

我要向你拥抱，
可是我面前遮拦着，
骷髅叠成的山的阴影。
我醒了，呵！梦呵！
无底的心海里，
我的希望深沉……
一年，两年……
六年，凄切的六年呵！
（让它成为为了忘却的记忆！）
母亲！我收拾起了痛苦的呻吟……
我随着祖国的弟兄
铁流似的队伍里，
我挥起了拳头，
我们和敌人搏斗，
在田间、山谷……
听啊！母亲！
“复仇吗？复仇！”
我们歇斯底里地
仰天高呼：
“死，自由……！”
（这时，你也要喊的，
杀掉它们吧，野兽！）
我们浸浴在血里。
祖国的母体上，血流着，
一月，两月……
流过雪带，草原，沙漠，

珠江，黄河……

流过古老的城头。

而今——

正走上冰雪的险路，

向着肥沃的黑土……

母亲呀！

是儿归来的时候了。

你亲手做的饽饽熟了吗？

我要痛饮香甜的高粱酒，

我会沉醉在八月的天蓝下。

母亲！你端详吧！

我的铁青的脸，

粗黑的手……

（《抗敌报》1938 年 9 月 18 日）

老乡！我们要怎样？

韦平

□□！

□□问你，老乡，

□□来了，

□□预备怎样？

□□

□□假使那样的话，
□□！
□□的儿女，
□□的老婆，
□□如霜的爹娘，
□□将怎么样？
□□的棒子，
□□的牛羊，
□□们又怎么样？
□□！还有——
后园山里我们祖先的坟墓，
祖父留给我们的那座□房。
老乡，我们不能跑啰！
我们是不能没那儿女，
不能没那老婆，
不能没那爹娘，
也不能没那棒子，
更不能没那牛羊！
祖先让鬼子来侮辱了，
是不孝的子孙；
□□□□烧毁了，
□□□更贫苦啦！
□□□儿女老婆，
□□□大路旁，
□□□□的儿娘！
老乡不能跑啰！

□□□子来了，
□□□备怎样？
□□□□我讲：
□□□□组织起来！
□□□□子，
□□□大刀，
□□□□，
□□□来的手榴弹，
□□□背上，
□□□□儿去前方，
□□□同志们打仗，
□□□□保卫我们的家乡！

□□□□免有挂彩的，
□□，
他们为我们流血了，
我们把担架队组织起来！
把挂彩的同志，
抬向安全的地方；
同志们在前方，
□□连饭也吃不到，
□们要募集□□子，
□□，山药蛋……
□慰劳他们；
□□们也要出来，

□□同志们，
□□□血染红了的衣裳，
□□□快点好，
□□□去打仗
——为了保卫我们的家乡！
这还不够，
万一鬼子冲过来了，
老乡，我们预备怎样？
老乡！这也不要慌，
拿上锄头铁铲
把大路破坏，
粮食藏好，
所有能用的实物，
都收拾个精光；
小的儿女，
老弱的爹娘，
叫他们先走，
到鬼子走不到的地方。
这样，我们就这样，
老乡，万一鬼子来了，
我们要叫它尝尝苦头啦。
叫它们饿死在山沟里，
饿死在路旁，
我们要叫它们，
回头跑也来不及的，
不是吗？

我们绕到鬼子的后边去，
切断鬼子的后方，
塞住鬼子的后方。
可是——
老乡！
现在许多人，
都把棒子秆砍掉，
棒子也仍然放在土里，
这太便利鬼子来烧，
来抢了，
老乡！
什么春耕啦，秋收啦，
我们会白白地辛苦一场！
同时没那棒子秆，
失去了我们游击队
隐蔽的城墙，
老乡！
不要砍掉棒子秆了吧，
棒子赶快摘下来，
好好地将它收藏。
呵！《抗敌报》说过的：
“我们要保持青纱帐！”
老乡！
我们要永久这样防备！
防备呵！
讨厌的鬼子，

挺眼红我们的东西的，
它眼红着——
高粱酒甜，
棒子香，
我们所有一切——
破房，
还有那几只牛羊！
预备着，老乡！
反抗鬼子的无礼！
我们为这些辛苦了，
谁愿白白地辛苦一场！

（《抗敌报》1938 年 10 月 6 日）

张大娘劝儿子归队

于六州

有一个老婆婆叫张大娘，
家住在定县东扬各庄，
她今年六十二岁，
头发白得像一层霜。
一天夜里，她正在替义勇军做衣服，
突然门外有人叫声妈。
张大娘立刻停住针线，

左也想来，右也想，
难道是阿宝跑回家，
义勇军打了败仗？
把门一开，
果然是她儿子，
双手抱头哭进来——
妈妈！阿宝回来了，
我不干义勇军，我不干义勇军，
我想庄稼，我想妈妈。
这一夜，张大娘翻来覆去睡不着，
一刻儿下炕，
一刻儿上炕。
门外的狗叫得发慌。
天刚亮，张大娘硬了心肠
阿宝呵！你别糊涂，你晓得——
你妈妈的娘家是住在保定城，
你的枪口要对准那些日本野猪，
让你的娘重回到保定，
把老骨头在保定埋葬。
保定是中国人的地方！
保定是中国人的地方！

（《抗敌报》1938年10月7日）

不要背弃了人民

——为反对工作人员逃跑而作

韦平

谁拿血汗供养了你们？
人民！
手上的铁棍谁给你们？
人民！
人民交给你们了命运，
要用铁棍来保护他们。
你们在人民身上生活，
你们在人民身上长成；
你们心里人民是奴隶，
你们忘却人民是主人。
可是，
看哪！
而今——
在生死的岔路上，
人民要向生路走；
你们带着人民的命运，
却抱着头朝死路急奔。
看呵！
你们而今——
懦怯地扔下了铁棍，
羞耻地背弃了人民。
你们！

去吧！
找安稳的象牙塔，
掘下自己的坟坑。
至于人民，
请放心吧！
我们能够做自己的主人！
我们会安排自己的命运！
我们仍要拾起那铁棍！
我们仍要向生路急进！
可是，
记着呵！
在今天——
你们却懦怯地扔下了铁棍，
你们是羞耻地背弃了人民。
记着啊！
历史永远载着的：
你们是新中华的罪人！
你们是新中华的罪人！

（《抗敌外报》1938年10月8日）

给村长们

东方红

村长呵！
今天，你们是边区堡垒的基石。

努力啊！
使堡垒格外坚固些！
不要让它在暴风雨中，
有丝毫的动摇吧！
小心呀！
堡垒坍了，
敌人会来杀害千万人民的！
当然也会一样地杀害你们。
村长呵！
今天，你们是边区堡垒的基石。

（《抗敌报》1938 年 10 月 21 日）

呼　　喊

——向着替鬼子筑汽车路的工人同胞

塞红

亲爱的同胞呵！
为了什么？
要替鬼子筑汽车路呢？
而且在你们自己的田地上。
为了饥饿吗？
为了穷困吗？
为了求得阻止

瘦弱的老婆的唧咕，
饥饿的孩子的哭泣吗？
但是——
当你们身上的血汗
把汽车路润湿了，
你们身体也越加瘦了的时候，
你们的老婆
肥胖了吗？
你们的孩子
停止了哭泣吗？
一切都没有呵！
你们的裤带，
不是每天都在紧束吗？
亲爱的同胞呵，
在往年的时候，
虽然也这样流了血汗，
但在自己田地上，
却是长了禾苗的，
现在也许将粮食收获了。
而今的汽车路上呢？
你们自己的田地上呢？
驶着是鬼子的汽车
——中国人的敌人的汽车，
汽车载来的是：
大炮，
炸弹，

毒气……
一切杀你们同胞的武器呀！
汽车上载去的是：
粮食，
家具，
儿童……
千万同胞的生命财产呀！
那汽车上
还凝结着鲜血。
血呵！
血呵！
你们同胞的血呵！
亲爱的同胞呵！
你们受汉奸骗了，
你们受鬼子骗了，
你们不自觉地
做了鬼子的刽子手，
帮助它来屠杀千万的同胞，
毒杀你们的妻儿和自己。
亲爱的同胞呵！
你们是愿意这样吗？
“不！全是鬼子强迫的。”
是的！鬼子强迫你们的。
那么——
亲爱的同胞呵！
反抗吧！

即刻用拿着的锄头，
向着鬼子的头锄去吧！
向着汉奸的头锄去吧！
为着千万同胞的生命财产，
为着妻儿和自己的生活，
不要让鬼子的汽车，
驶过自己的田地吧！
亲爱的同胞呵！
勇敢些！
我们千万的同胞
早都这样地干起来了。
来吧！
我们白天在山林里
等着你们，接应你们；
我们黄昏时在沟渠中
等着你们，接应你们。
亲爱的同胞呵！
不要迟疑！
汽车路一筑好，
鬼子就会干掉你们的。
难道没听说
天津海河的浮尸吗？
那也是像你们一样
替鬼子做工的同胞，
他们是被鬼子窒杀了的。
同胞呵！
你们的生命垂危了！

赶快呀！
就用拿着的锄头，
向鬼子锄去吧！
勇敢些！
我们随时都会来接应你们。

（《抗敌报》1938 年 10 月 22 日）

追祭鲁迅

——即步鲁迅遗诗原韵

关白

当年“长夜度清时”，
苦战人间满鬓丝。
“荷戟”孤征惊老病，
“投枪”万众望旌旗。
伤心两载风云色，
不入长篇呐喊诗！
祭汝他年烽火后，
血花一缀自由衣。

（《抗敌报》1938 年 10 月 23 日）

今天的您的“投枪”

塞红

呵！
伟大的鲁迅先生——
我们的导师。
假使你今天还活着，
我们一定将更快地看到——
在你“投枪”所到之处，
希特勒、墨索里尼、
近卫文麿、托洛茨基……
一切文化的毁灭者，
一切罪恶的贩卖者——
人类的虎烈拉，
变成骷髅，
一个个无声息地躺了下去。
谁又曾料到在两年前的今天，
“死”竟会从你顽强地战斗的
生活里夺去了“投枪”!?
不！不!!
你永远活在我们的心里，
你的“投枪”已化作了
千百万支的梭标，
千百万把的火炬，
我们千百万大众擎着它，
从“黑暗的闸门”里冲了出来！
在血的路上，

“铁一般顽强地战斗前进”，
“到光明广阔的地方去……”。
我们用火炬照出了
阻在路上的一切恶魔，
我们用梭镖刺杀它们。
我们坚定的信念，
我们将要在这样的一天——
右手执着血淋淋的梭镖，
左手执着血红的火炬，
在你的墓前
来做这样的报告——
一切文化的毁灭者，
一切罪恶的贩卖者——
人类的虎烈拉，
统被我们用梭镖刺杀了，
统被我们用火炬烧尽了。
中国天明了！
世界天明了！
然后我们将梭镖与火炬——
“投枪”，
合插在你的墓顶上，
永远地光明地
照耀着幸福的人间！

十月十九日

（《抗敌报》1938 年 10 月 23 日）

赶　鬼　子

新绿

八月十五月光光，
日本鬼子又发狂，
五路兴动人和马，
要来把我边区的地方和财产抢。
徐家庄和它打一仗，
直打得日本鬼子直叫娘！
不怕日本鬼子深入边区来，
怕只怕事到临头莫主张。
九月九来是重阳，
游击队打仗真高强！
老百姓都不做亡国奴，
拿起锄头当刀枪。
天罗地网齐布下，
直把个日本鬼子围困在中央。
村长发动游击队，
农会主任也下乡，
大家一齐来下手，
要赶鬼子回东洋！
要赶鬼子回东洋！

（《抗敌报》1938 年 10 月 24 日）

我们宣言

塞红

我们写诗……
我们不是在写“诗”，
而是愿意——
在我们生命的奔流里，
迸流出红的鲜血。
我们面对着千百万的伙伴——
人类解放的战士，
我们伸出了双手：
“同志！饮一杯吧！
今宵是一个长夜的战斗。”
我们在队伍里，
和大炮机关枪站在一起，
我们将鲜血洒向前面：
“同志！放射吧！
对准那鲜血洒向的地方！”
我们写诗……
难道我们这是在写“诗”！

（《抗敌报》1938年10月26日，《海燕》副刊创刊号）

晋察冀边区行政委员会军区司令部布告

会字 第四号

强敌围攻边区
扰我交通要线
焚烧杀戮奸淫
拉夫去当炮眼
人民坚壁清野
军队奋勇捐躯
敌寇兵力有限
各路肃清可期
为此布告军民
杀敌努力向前
安定社会秩序
抓拿卖国汉奸
军队公平买卖
民众热心动员
认真站岗放哨
自卫队员健全
打出敌伪钞票
巩固金融当先
敌人造谣欺骗
大家勿信谣言
边区扩大巩固
摆着就在眼前

如有捣乱匪徒
抢劫百姓银钱
民众随时报告
军法绝不留情
如有投机奸人
去做敌探汉奸
或者造谣生事
企图扰乱人心
一经军政抓获
惩处绝不姑息
仰我军民努力
争取大胜大捷

主任委员　宋劭文
副主任委员　胡仁奎
司令员　聂荣臻
中华民国二十七年十月

（《抗敌报》1938 年 10 月 29 日）

不赶走鬼子不算人

塞风

谁赶走阜平的鬼子兵？
咱们八路军！

八路军是常胜军，

抗战以来不知打了多少仗，

杀的鬼子数不清。

只要八路军在这儿，

不怕日本鬼子占了我们的村。

有钱的杀条肥猪去慰劳，

没有钱担架运输要□真。

八路军打仗为了老百姓，

咱老百姓也要配合八路军，

拿根梭镖加入游击队，

不赶鬼子不算人！

（《抗敌报》1938年10月30日，《海燕》副刊第2号）

战斗的堡垒

鲁萍

我曾经生长在这块丰饶的地方，

我熟悉那伙伴们的面孔，

玉蜀黍的芬芳。

还有那永远照耀着我们的

亚细亚的太阳，

就是那粗狂的山歌也吸引着我，

使我永远在怀念着我这出生的故乡。
记得在一年前的时候，
日本鬼子的炮弹曾把我们这里振荡，
“王道”政策的滋味也给我们尝了尝，
这就是：
奸淫、烧杀什么“东亚和平”的主张。
我再闻不到那田间的香味，
也听不到那醉人的歌唱；
山林的麻雀也胆怯地躲藏起来，
不敢自由地飞翔高声地歌唱；
只有那火药的气息窒塞着我的喉嗓。
然而我们没有眼泪，也没有失望。
我们就握起拳头在等待，
等待着给敌人尝尝我们拳头的分量。

敌人侵略的火焰在娘子关内燃起，
战争的气息流荡到太行山的周围。
八路军英勇的战士们
开始兴奋地渡过黄河走向杀敌的阵地——
怒吼的黄河的奔流，
似乎在为我们的战士们预祝着未来的胜利。
这时候，
敌人正猛烈地进攻平型关和忻口，
八路军英勇的战士们
以鲜血换取了伟大光荣的战果。

听吧，
弟兄们都在高唱《大战平型关》之歌，
而且，就是苏联的公民劳动者，
平型关战斗的影片
也使他们认识了中国英雄的射击手。

在敌人占领的土地上，
祖国的旗帜又在自由愉快地飘荡。
英勇的武装同志们
到处袭击着敌人打着胜仗，
反抗的斗争开始在被蹂躏的大地上生长！
一九三七年十一月七日这一天，
创造了晋察冀军区在敌人的后方。
一年来的斗争创造了惊人的力量，
数百次的战斗给了敌人重大的创伤，
被侮辱的土地上，
荡漾着英勇的歌声，
千百万被奴役的同胞走到了斗争的战场。

在这里我重又闻到田间的香味，
春耕运动的结果
使我们获得了丰收的食粮。
新的歌声
比老的山歌更加使我爱慕我的祖国家乡。
呵，伟大的晋察冀——

你战斗的堡垒哟!
你是在燃烧,
你是在为祖国歌唱!

疯狂的敌人,
为了苟延自己的生命,
屡次地把血手伸向我们军区的民众,
我们坚决的民众和战士们
终于英勇地击退了敌人的进攻。
但是无耻的鬼子们,
不死侵略的野心,
你看,今天数万大兵的围攻,
想消灭晋察冀军区的生存。
然而伟大的军区同志们,
正抱着高度的牺牲决心,
保卫着这华北抗战的堡垒,
准备彻底粉碎敌人的围攻。
呵,伟大的晋察冀——
你战斗的堡垒哟!
你是在咆哮,
你在为中华民族的自由斗争!

(《抗敌报》1938 年 11 月 7 日)

同志！这是点小意思

白丁

同志！
这是点小意思。
你看，
我这穷家儿
别的东西也买不起，
这几个干枣儿，还是请你收起。
唉！
你们为国为民
打仗可也不容易！
但盼早点把鬼子赶出去，
就是咱们的福气。
干吧！小伙子！
你们年轻人有出息，
趁年轻时候给国家争口气。
让鬼子看看
咱们中国人也不是好惹的，
像我这偌大年纪，
怎能和你们相比！
咳！同志！
没别的，
这是点小意思，
还是请你收起。

（《抗敌报》1938 年 11 月 9 日）

一　　年

血肉冰霜忽一年，
五台烽火太行烟。
战歌匝地万夫戍，
旧垒连珠一望平。
北岳扬旌胡马怯，
边疆复土祖鞭先。
阵云翻向龙江日，
响彻河山唱凯旋！

（《抗敌报》1938年11月11日，《海燕》副刊第3号）

捷　　报

流笳

老乡
你该知道
五台附近的石盆口
弯弯的流水
绕过了村头

还有

流水的上游
是河口
几百家住户
隔河相望石盆口
那下面
有一条大沟

这地方
四面都是高山
中间平原像盆口
我们
在那耕种
几百代用我们
自己的手
可巧
鬼子就在这地方
倒了霉
栽了跟头

三更天
月亮照耀
同白昼
鬼子们出发
攻打高洪口
烧房子
牵马牛

奸淫妇女
杀戮男人孩子
血水流

老乡
记清了血债
要报仇
要报仇
不打走鬼子
我们的活命
不会有

四更天
月牙儿西斜
快要亮天的时候
鬼子离开了高洪口
向西南走
人马嘶喊
乱作了一团
活像一群
回山的野兽

啪啪
几排枪响
我们的游击队
冲下了山头

追逐鬼子们打
赶着鬼子们揍
立刻
双方进行了激烈的
战斗
被击溃败的鬼子
向后退走
不敢停留
像惊散的狼
吓得发抖
连蹦带跳
趔趄歪斜
跑进了石盆口

哪知道
正中了我们的埋伏计
不等喘息
四面八方
都来了枪声
和人吼
鬼子们往东钻
一带高山
横在前头
向西窜
坡坨起伏
峭壁陡

南边的机关枪
咧开了大嘴
像爆豆
北边
雪亮的刺刀
正对准了胸口

五更天
被击毙的鬼子
满谷满沟
剩下的
还想挣扎
不能够
机关枪
手榴弹
逼住他们
不能抬头
爬在地下把命休
五百多鬼子
全部消灭
一个也没留
尸遍野
血成流
七八门大炮归我有
战马一百五十匹
机关枪三十多挺

扛在了我们的肩头
还有
步枪三百五十多支
被俘的鬼子
低下了头

太阳穿过了林梢
松柏翠幽
打胜仗的战士
离开了山沟
胜利的早餐
大碗酒
和大块肉

这消息
传遍了边区
兴奋了抗争人们的心
张开了大口
八路军
回回胜仗
会把奇功奏

我们要干
我们要怒吼
我们要把边区
每一条街

当成战场
每一个村庄
每一个山头
变成坚固的
堡垒和
鬼子们搏斗

（《抗敌报》1938 年 11 月 11 日，《海燕》副刊第 3 号）

二秃，听爸爸的话

白丁

二秃！
爸爸明天要去打仗，
你在村里要好好儿站岗，
不管他是什么庄稼人
什么官长，
没有路条
咱就不放他。
来路不明的家伙，
可更要提防！
不要让汉奸混进来
探听咱们八路军的真相。
有空儿，
就帮着你妈

替咱八路军的同志洗洗衣裳。
挂彩的下来，
也要帮着招护一下担架。
就是送信的差事派到你的头上，
就马上给跑一□。
反正都是一样，
不论大小事情，
能干的
你就尽量地帮忙。
还有
遇什么事总要和你大伯
——那自卫队队长商量。
唉，岁数也不小了，
干活儿要认真，
不要老是那么吊儿郎当！
再过几年跟老子一样，
也扛杆枪好和鬼子去打仗。
这年头，
不管男女老少
大家都得出份力量，
只要把鬼子赶跑
我们就有太平时光。
二秃，爸爸的话
你可要把它记在心上！

（《抗敌报》1938年11月21日，《老百姓》副刊第1期）

一　封　信

一封书信说儿听，
去在外边要谨慎。
二老堂中多康泰，
家里事情莫挂心。
穿衣吃饭有人管，
优待团里常慰问。
国家兴亡儿有责，
为国牺牲扬美名。
倭寇不灭何为家，
不杀鬼子莫归门。
我儿忠勇上前线，
英勇赶敌回东京。
公家发给光荣证，
誓死要存忠勇心。
若然贪生来偷还，
老母一定寻自尽。
我儿为母来尽孝，
只有杀敌尽责任。
如将倭寇赶出境，
咱们百姓得安宁。
那时奏凯转回程，
老母堂前喜接迎。
那时全家得团聚，

喜喜笑笑挺高兴。
我儿时刻要记住，
赶走鬼子好回程。

以上的是游击队员的母亲捎与她儿子的信内的一首诗句，特抄寄，希登载以表这位太太的佳意。(王秀亭转寄)

(《抗敌报》1938年11月21日，《老百姓》副刊第1期)

赠田其昌

弗政

本事见本报一〇六期孙校长文。

撇下文场走战场，
国仇不灭不还乡。
短兵杀敌伤何憾？
病榻磨枪意不忘！
志士英风同辈范；
兰柏壮迹口碑长。
寄言燕晋年轻侣；
报国今朝有武装！

(《抗敌报》1938年11月23日，《海燕》副刊第5号)

哥哥上前方（新童谣）

黑仔

一

月亮地
明晃晃
妈妈灯下急忙忙
针线粗布手中拿
给我哥哥缝衣裳
明儿穿着上前方

嫂嫂慌着到伙房
锅中蒸好窝窝头
给我哥哥做干粮
明儿帮着上前方

二

月亮光光
哥哥下炕
穿着新衣
带上干粮
妈妈醒来忙起身
嫂嫂跟着下了炕
大家一齐往外走
要送哥哥上前方

大家来到村路上
妈妈开口把话讲
儿呵！这去要做个忠孝的儿郎
你的可怜的老子
是死在鬼子手上
鬼子不赶走
你若回家乡
你就不是我的儿
我也不是你的娘

嫂嫂害羞低了头
一面双手折衣裳
一面细声把话讲
自从鬼子占曲阳
家中不知成怎样
你呵千万要记着
好男儿到了前方
切莫要贪恋家乡
家中事有我承当
妇救会我去帮忙
鬼子不赶走
不要回家乡
为了你的丈母
为了我的亲娘

我一句话不会说

拉着哥哥要洋枪
哥哥哥哥
回来时候
带支洋枪
让我拿着
好去放哨
好去站岗
我长大了
同你一样
也去打仗
也去打仗

（《抗敌报》1938 年 11 月 27 日，《老百姓》副刊第 2 期）

拴牛！我要拥抱你的灵魂

耐茵

事实见上期《抗敌报·“刘庆山事件”的真相》一文。

拴牛！我要拥抱你的灵魂，
你这圣洁的灵魂哟——
大众的亲人！
我祈求你的复活！
善良的大众，
失去了一个有出息的儿子，

更失去了一个仁爱的母亲。

可怜的毒恶、阴险、卑鄙、无耻……
揉成了罪恶者的黑心，
拴牛！你罪恶者黑心上的钢钉哟！
你就被窒杀在黑心的里层?!

“扰乱后方……”，罪恶者强奸了你，
套上这污秽得呕心的罪名。
拴牛！大众永睁着眼睛，
这不是献给你的“正义的王冠”吗?
你这“大众的亲人”！

我未有地痛苦着：拴牛呵！
从前，是愤怒压抑着你的心；
而今，愤怒更焦炼着你的灵魂！

我的心要为你炸裂了！
拴牛！我得痛苦地握住它，
我还要警惕着那些摇晃着的黑影——
黑心的疯犴呀！毒蛇呀！

我悲愤地咬着牙喊叫——
罪恶者们慢点儿得意！
黑暗压熄了闪灼在空际的这个火星，
(就想占据这空间吗?)

太阳里，我们还炽燃着永恒的光明！

拴牛！我要拥抱你的灵魂，
你这神洁的灵魂哟——
大众的亲人！

（《抗敌报》1938年11月30日，《海燕》副刊第6号）

射　击

胡可

握紧枪
屏住气
把枪口向敌人的
头颅瞄去
只要你
轻轻地
一扳机子
立刻——
在烟里
在爆炸里
在血花里
残暴的仇敌
狂妄的仇敌

无力地

倒下去

于是

胜利地

拉开枪栓

顶上第二颗子弹

……

这样地

和鬼子拼下去

直到你最后一粒

即使敌人的炮弹

向你轰击

你也要沉着气

坚持到底

直到那胜利的

号声向你吹起

（《抗敌报》1938 年 11 月 30 日，《海燕》副刊第 6 号）

哭 拴 牛

关白

献身家国出田间，

杀敌心殷起揭竿。

奔走危疆嗟枉死，
激昂斗志历如山！
一夫但得擎长剑，
片息宁教活丑犴？
知你重泉犹切齿：
未寒热血骨先寒！

（《抗敌报》1938年11月30日，《海燕》副刊第6号）

王老大！捐点公粮吧

黑仔

王老大！今年的年成这样好，
分配给你这点救国公粮，
真算得什么！
你还好意思推让？
你看！张妈一个受苦的妇道，
她就自愿地捐出了两斗公粮。
这个义气谁个又不夸奖？
听说咱们政府还要送她个
抗日的荣誉奖状，唔！荣誉奖状！
王老大！你素来是热心救国的，
这点事还用得着俺们多讲。
你家的囤里、圈里，放着那么多，
还在乎出这一点救国公粮！

这个在公家就很要紧啦！
抗日军拿这个去作给养，
一年两年长久地和鬼子打仗，
俺们要享太平，
就得这样来赶鬼子回东洋，
另外还要拿出一点，
去搭救那些个落难的老乡。
在这个乱世道，
俺们自己人都应当大家照管照管，
不要老是在旁边观望！
王老大！你知道的：
二秃的家捐不出公粮，
可是他爹爹自愿地上了前方。
这反正都是一样，
为着求俺们自己的活路，
就得要
有力的出力，
有粮的出粮。

（《抗敌报》1938年12月4日，《老百姓》副刊第3期）

要 棉 衣

保申

树叶落，北风起，
前方将士要棉衣，

穿上棉衣好作战，
打退鬼子始得安。
前方作战，后方帮忙，
做上棉衣，送到前方。
将士穿上笑哈哈，
不打退鬼子不还家。

（《抗敌报》1938年12月4日，《老百姓》副刊第3期）

挣断了枷锁

路遐

一

火车穿过了辽东平原
爬虫般匍匐在锦□的
大地上，不——
蹂躏遍了破碎的河山

从长白山吹来的季候风
催促着
“满洲”的鸿雁
成群地南飞
也催促着
“伪国”的“伪军”

成队地入关
泪语般的细雨
像儿女情长的少妇
拜送远行丈夫的暗泣
也像祖国为怀的老母
诀别出征孩子的叮咛

他们埋着首默默地
企求在梦境里寻找那
暂时的安静
但无论如何谁也逃不脱
由于凄风雨而碎裂了
胸怀的命运

二

火车爬上了河北平原
穿过了破碎的城镇
北岳山峦的外衣襟缘上
耸立着雄伟庄严的堡垒
它依旧不倦怠地守卫着
祖国的土地虎视着
敌人抢去的点与线——
城市与铁路

他们懒懒地望着
站在路口的人们
脸上都像死那样苍白

一次又一次地看见
孩子指给妈妈
老婆指给丈夫
那一定是在说
天呵！可咒诅的
又是一列“兵车”

三

火车疯狂地向前奔驰着
黑暗无意地爬进了车厢
也爬进了车上人们的心
它胜利地统治这个世界

火车经过了卢沟桥、良乡、涿州
忽然停止在一个不知名的车站
他们相互用怀疑和不安的眼光
好似在问“目的地”“战场”
不管怎样都是“祖国的田园”

四

一个漆黑的夜
他们听到这样一个宣布
“奴隶”“自由”“面粉”“小米”
任你们选择一下吧
光荣的炎黄子孙
中华的优秀儿女
血债要用血来还

大家同意了“小米”（注）

寻着祖国的人们
走着沉重的步子
在冷静的暗夜里
他们坚定地在想：
拜别了遥远的家乡
来到了祖国的天地
不，都是属于我们的
“祖国”“仇雠”永远印在心上的创痕
“□友”“敌人”清醒了
一场可怕的梦

五

挣断了枷锁的束缚
呼吸着自由的空气
不过有三千万同胞
没有摆脱“悲惨的命运”
但开了花的胜利的树
已围聚着四百兆男女
准备摘自由解放的果子
再回过头来看
垂死的魔鬼只拿着
挣断的枷锁在战栗

（注）“小米”是反正的代号，因反正就要吃小米受苦。

（《抗敌报》1938年12月6日，《海燕》副刊第7号）

纪念本报一周年并勖社中诸同志

关白

笔阵开边塞，
长年钩剪风。
启蒙星在望；
抗敌气如虹。
发奋挥毛剑，
奔腾起万雄！
文旗随战鼓，
明岁入关东！

（《抗敌报》1938 年 12 月 11 日，《海燕》副刊第 8 号）

“抗敌”之歌

——为纪念本报一周年而作

鲁萍

我高举着“中华民国”伟大的旌旗，
傲慢地
耸立在为自由而战斗的堡垒——
晋察冀边区，
用锐利的眼睛，

我瞭望着周围的仇敌——
那野蛮的日本法西斯强盗
和无耻的汉奸，
托洛茨基的盗匪。
他们凶恶的炮火，
不能使我惊惧；
“世纪末”的狂欢，
更不能使我沉醉！
我要愉快地为我们英勇的弟兄们
歌唱着那美丽的祖国进行曲。

执起战斗的武器，
我勇敢地站定自己的岗位，
在凶暴的敌人面前，
我要用真理回答敌人的狂吠。
我是胜利的号筒，
战斗的警笛，
你坚强的晋察冀哟！
为了你的胜利，
我要张大喉咙向你吹起！
听吧——
在法西斯暴徒的哀叫下，
我呼喊着人类的正义；
对着他淫荡的词调，
我歌唱着诗人们钢铁的言语。

崇敬的祖国哟！

我是你年青的战士，

在晋察冀的怀抱里，

我从斗争中长起，

从孩提时代的名字，

敌人就对我加以愤恨仇视，

但是我却为我光荣的称呼欢喜；

法西斯野兽们的怒吼，

并未使我胆怯战栗，

看呵！

我擎执着祖国的旌旗，

握紧我战斗的武器，

英勇地站在自己的岗位上，

忠实地守护着巩固的堡垒——

晋察冀边区。

你残暴的法西斯魔鬼呵，

纵然你敢在我们的土地踏上污浊的铁蹄，

我们也会毫无怜惜地给你胜利的打击！

敬爱的母亲！

——你勇敢的晋察冀，

我是你忠实的孩子，

和你□同

我要用鲜血开拓被践踏的大地！

而且

我将要跟随着你，

向松花江的怒潮
把胜利的号筒吹起；
我的光荣的名字，
伴着诗人们钢铁的言语，
要在胜利的旗帜下，
让失掉祖国温存的奴隶们
重新自由地唱起！

（《抗敌报》1938年12月11日，《海燕》副刊第8号）

上　冬　学

念运

我姓李，名老三，今年已然四十单。
从小儿没曾把书念，跟人家学过一二三。
隔着行儿也认不全，拿着书本翻一翻。
谁知道念书有甚用，今天作难在眼前。
虽然我是个穷光蛋，救国大事离不了咱。
站岗放哨不用提，担架运输要争先。
军队前方打日本，后方咱把信来传。
上边写着名和姓，人家告诉记几番。
年纪大了忘性大，转了个弯儿忘了个完。
跑到东村问明白，才知这信往西传。
白跑多少冤枉路，就为瞎子白瞪眼。

今天村里有会议，商量冬学事儿怎么办。
听说二拴子是指导员，他要把孩子们教一番。
大虎子听了高了兴，梳一梳胡子上了前。
问问老头儿我也把书念，倒是能行是不沾？
二拴子说是好好好，你老来学我更喜欢。
大虎子比我大七岁，他要能学我也愿。
这个年头儿多么好，念书上学都不要钱。
冬下里本来没甚事，为甚不快读书篇？
懂了民族国家事，打打日本心更坚。
提笔墙上写大字，大家要知持久战。
大家参加游击队，我把名儿天下传。
抗日许多英雄汉，懂得道理把书念。
百姓冬下没甚事，岂可不把冬学念。
奉劝诸位明公听，全家念书都争先。
明白道理打日本，鬼子退了太平年。

（《抗敌报》1938年12月13日，《老百姓》副刊第4期）

破坏铁路歌（五更调）

一更里
月儿上柳梢
背上了炸药扛起了锹镐
离开村庄去破坏铁道
免得那鬼子们运兵来杀烧

二更里
月儿亮光光
走近前埋伏好四下张一张
中国的铁路不让鬼子走
一人儿破路万人把福享

三更里
月儿当空照
听一听四野无声鬼子都睡着了
一声呼哨下手把路来挖
他再想坐火车捞也捞不着

四更里
月儿眉样弯
铁轨哟土台哟都破坏个完
你拿块枕木咱扛铁板
弄得它七扭八歪稀胡乱

五更里
月儿白茫茫
破铁道的人儿回转家乡
做了点抗日工作喜洋洋
保卫住边区万人得安康
保卫住边区万人得安康

（《抗敌报》1938 年 12 月 19 日，《老百姓》副刊第 5 期）

故乡活着

——纪念在家乡游击的兄弟们

丹辉

一

故乡活着，
故乡武装了！
从敌人的魔手里，
反抗，
扬起了
血腥的战旗。
三月的风，
吹
凄惨的
三月的江南，
没有温静，
不再像
村里
白头巾的姑娘。
看！
在芽山，
在长荡湖畔，
在那松林茂密的地方，
到处闪亮了
弟兄们的枪尖。

二

故乡活着，
故乡武装了！
深夜，
在高岗上，
在荒凉的坟场，
跳跃着红的火苗，
跳跃着无数颗赤热的心。
谁会忘记，
敌人的炮火
毁了自己的田地、房屋，
毁了全家
活活的性命。
发红的眼睛，
满溢原始的愤恨，
结实的拳举起了，
要爆炸的胸膛
涌出了呐喊：
"复仇！"

三

无比的勇敢
突击，
冲锋
向着敌人的营房，

上了刺刀——
握枪的手不再发抖。
是谁？
从腰里
先掏出了手榴弹，
炸开了，
透明的空气里，
照耀着火花的光流。
敌人的血，
流啊，
流在新堆的坟上，
敌人的影子
消失了，
消失在黑暗远方。

四

在残破的村里，
亮起了通红的火把，
强壮的臂膀
结成了铁的圆环，
千百个年轻的声音，
在跳跃，
在嬉笑——
狂欢着悲壮欢喜。
他们一致呼唤了：
“故乡啊，

你活着，
你胜利了！”

（《抗敌报》1938年12月23日，《海燕》副刊第10号）

战争需要你

——献给《抗敌报》

前线记者团第一组 程追

血火底下：
你生出来了！
你强壮起来了！
受着弹刀和死亡的威胁，
呼吸着千万人民的气息；
生长在山脉里，
也生活在平野的周围。
你是轻骑射击手，
你是滹沱河畔文化之辉星。

一九三九年来了！
在这伟大年代里，
年轻而曾苦历风霜的你，
将要受到深刻的新的历程！
把握住这新的年头。
勇敢地跨上去吧——

战争需要你！

站在文化堡垒上，
记载下军区血的史的战绩，
激励千万人民涌上神圣的战地！
还有——
在火线的前哨，
看清敌人的阵营：
《华北日报》
《庸报》……
那不是最无耻的叛徒吗！
擎起尔锋利的武器——
坚定，
沉着，
精悍。
一颗也不要浪费——
瞄准！射击！
射击！射击！

（《抗敌报》1939年1月1日，《海燕》副刊第11号）

边区，我们的乳娘

郭苏

我们是中华民族的儿郎，
一向在祖国的抚爱中生长。

自从强盗杀进了国土，
占据了我们的家乡，
我们几乎当了牛马，
遽□失去了亲娘一样。
幸而，来了亲爱的你呀，
我们，一千二百万个孩子，
像得到了救命的乳娘。

边区，我们的乳娘，
你具有一颗生就的慈母心肠，
那么慈祥，
又那么宽宏大量！
睡卧在你温暖的怀抱里，
不论瘦和胖，
不分短与长，
你殷勤地喂乳，亲切地育养。
亲爱的，你更善于团结
我们本能的力量，
击碎那强盗的疯狂。
看你的外表有无限的端庄，
你的才识在胸内储藏！
你虽不是肥蠢的“阔太太”，
身宽有晋察冀三省的边疆，
恒山、五台山是你的乳峰，
太行山脉做你的脊梁，
公路、大路、小路……
错综的血管

几万里长，
永定河、唐河、滹沱河、桑干河……
像你的十二指肠。
我们爱你，
你是我们亲爱的乳娘呵！

但是，我们不会忘记！
强盗的利爪正在四围伸张。
去年□分几路□你攻打，
今年，又来一个“明朗化”的扫荡。
它想要强奸你，
抢走你的财富无疆，
挑破你胸膛，
杀死你的儿郎。
边区，我们的乳娘！

你是祖国中一颗伟大的光芒，
你敢倔强地与强盗抵抗。
我们爱你——
誓死不让你死亡或创伤。
我们保护你——
服从你的指挥拚命在战场。
有力出力，有枪出枪，
有钱出钱，有粮出粮，
我们决不能失掉你。
因为，自从来了亲爱的你，
我们，一千二百万个孩子，

像得到了亲娘一样。
边区，我们的乳娘！

（《抗敌报》1939 年 1 月 1 日，《海燕》副刊第 11 号）

韩老头慰劳八路军

同志们！
这几个鸡子，
说起来
你们取下吧！
反正这是俺自己心愿，
想想：
你们和俺们都是一家人。
你们在前线，
白天黑夜地和鬼子打仗，
用性命来保俺们的生命财产。
同志们！
你们取下吧！
要不，那俺心里怎样过得去！
知恩不报那□沾？
再说：
俺们今年的收成也顶好，
你看老百姓们谁个又不喜欢？

俺家里老的小的，
都闹着要过热闹年。
可是春耕秋收，
没啦八路军也不沾，
那鬼子一定要给俺们抢个完。
又再说：
假设眼下没啦八路军在前线，
那真要过不成太平年。
同志们！
千万收下这几个鸡子吧！
反正这是俺们自己心愿。

（《抗敌报》1939 年 1 月 1 日，《老百姓》副刊第 7 期）

浑源民谣

郭苏 录

日军占了一条线
八路军占了一大片
八路军好
日军背（注）
割了洋烟耘萝贝
萝贝也熟了

日军也死了

（注）背——不好的意思。

（《抗敌报》1939年1月8日，《老百姓》副刊第8期）

农会主任赵老灵

杨柳树儿青又青
完县有个村农会主任
这个主任为人多忠孝
宋朝岳飞是他佩服的古人
家有一儿并一女
女名银香儿就叫金生
金生这伙子生来壮得很
两手能举几百斤
主任见儿心欢喜
他向人说
“‘精忠报国’俺家有了人。”
一日区农会来了通知
要各村农会
动员扩大抗日军
主任看了高了兴
左手不住把胡子抹

咧着嘴儿笑盈盈
急急忙忙跑到村外去
从地里叫回来了儿金生
主任当即开言道
“金生，儿呵！
俺今要你去当抗日军，
为国为家去把命拼，
俺的骨头还顶硬，
家中的事儿
不用你来挂心。
你千万地听了俺的话，
勇敢地参加抗日军，
忠孝两全留美名。”
金生听了不停留
背上包袱离家门
主任一见快活得很
他笑眯眯地说道
“唔！好男儿！
就要这样上前线去杀敌人。”

杨柳树儿青又青
村里的老乡们都说
“俺们农会主任家真有种。”
人人都把这主任来尊敬
儿童团给他把柴打

代耕团替他把地耕
政府发给他荣誉牌
农民合作社买东西也优待
人家一毛他只要九分
这样一来
这个主任的名头大得很
说起这抗日的老英雄呀
人家都把大拇指伸
你道这主任他姓什么
原来是
完县西北蒲村的赵老灵
完县西北蒲村的赵老灵

（《抗敌报》1939 年 1 月 14 日，《老百姓》副刊第 10 期）

儿　　歌

——鬼子的残暴

小麻雀，尾巴长，
日本鬼子真猖狂，
烧了齐各村，
又来俺贾庄，
吃了俺的老母鸡，
又宰那群羊！

细铁丝，明晃晃，
不容分说将人绑，
倒上“鬼子油”，
配上干草棒，
格崩格崩烧成浆。

（《抗敌报》1939年1月18日，《老百姓》副刊第11期）

挖防空洞

蛟蟠

老乡们！
听吧！
得得得哒哒哒，
敌机来了哇！

要来炸死我们的人，
要来炸毁我们的家，
我们真是恨死了它！
我们要仔细防备它！
每个老乡每个家，
快把防空洞儿挖。

敌机来了跑进去，

不怕扫射不怕炸，
一家安全笑哈哈。

（《抗敌报》1939 年 1 月 18 日，《老百姓》副刊第 11 期）

民　　歌

滹沱河，宽又宽，
日本鬼子逞野蛮！
我娘被奸上吊死，
我妹被淫到黄泉。
不把鬼子尽刀斩，
饮尽河水也心不甘！

太行山，长又长，
日本鬼子太猖狂！
我的房屋被烧净，
我的粮食全被抢。
不赶鬼子回东洋，
战死沙场也不回乡！

（《抗敌报》1939 年 1 月 22 日，《老百姓》副刊第 12 期）

歌　谣

一

儿童年纪虽然小，
站岗放哨把国保！
小笔不能写大字，
儿童能比大人好！
（魏殿候）

二

日本鬼子心太凶，
飞机炸来大炮轰；
游击战，运动战，
赶走鬼子王八蛋！
（封寿昌）

三

中国越打越起劲，
日本越打越丧气，
抗战到底不回首，
哪怕鬼子赶不走。
（张尊黄）

（《抗敌报》1939年2月2日，《老百姓》副刊第14期）

歌　　谣

张墨书

滹沱河，浑又浑，
温塘扎了鬼子营。
昨天烧了洪子店，
今天炮打郭苏镇，
围了东回舍，
又来西田兴，
杀人放火乱糟踏，
硬拉老乡去当兵。
一发到了东三省，
再发朝鲜无音信。
保国保家保自己，
只有参加八路军！

（《抗敌报》1939 年 2 月 15 日，《老百姓》副刊第 16 期）

三巴！快上前线去吧！

民间

三巴！
你的年纪还小，

身子又不大强壮，
本来我不愿你
离开你妈的身旁！
可是到如今，
那可恶的鬼子
到处杀人放火，
强占地方；
如今更行凶霸道，
到处为王！
你看这大祸
业已落到咱们的头上，
抗日救国的事儿，
难道青年小伙子
还能逃脱不去担当?！

三巴！
你是个有出息的男儿，
你是个年青的好汉！
你应该
抖起劲儿，
扛上枪杆，
大胆地走到前线，
和鬼子们硬干一气，
大杀几场！
显显我中国人的威风，
试试我老百姓的力量，

叫那狗杂种们
看看我们的厉害,
把苦味头儿尝尝!

三巴!
记住吧!
为国家争口气,
为祖宗争点光;
一来为救国,
二来求福享!

三巴!
快上前线去吧,
家里的事儿有老子担当!

(《抗敌报》1939 年 2 月 21 日,《老百姓》副刊第 17 期)

春　耕

春耕啊! 老乡!
到地里去,
拿出咱们吃奶的劲儿来干。
如今多种一颗粮食,
日后就多一碗饭。

多种十颗粮食，
就多十碗饭。
哈，一个人又可够吃一天。

春耕啊！老乡！
到地里去。
可是，咱们青年伙子
还得要成立个代耕团，
替抗日军人家属种地。
他们的爹爹、丈夫、儿子，
为保卫我们都上了前线，
我们不能让他们的土地
成了荒山。
我们要使他们心里，
比爹爹、丈夫、儿子在家时
还更要喜欢。

（《抗敌报》1939 年 3 月 1 日，《老百姓》副刊第 17 期）

儿歌（五更调）

飞

一更里，
月儿正东，

嫂子房中把衣缝，
明儿送到前方上，
慰劳前方抗日军。
二更里，
月儿上升，
嫂子说给哥哥听：
日本鬼子太凶狠，
烧了这村又杀那村。

三更里，
月儿正南，
嫂子炕上把哥劝，
救国事情都有份，
你不要把我来挂念。

四更里，
月儿西斜，
嫂子起来搓线麻，
麻绳搓好捆行李，
送哥去前方把仗打。

五更里，
月儿将落，
嫂子动手把饼做，
道上与哥做干粮，
哥哥去杀敌保家乡。

（《抗敌报》1939 年 3 月 7 日，《老百姓》副刊第 19 期）

打　铁　歌

叮叮叮，叮叮叮，
俺打家什，
庄户主拿去春耕，
庄户主拿去春耕。
秋天来了，
棒子谷子
盛满囤村，
盛满囤村。
你家子有好光景，
俺家子也有好光景。

当当当，当当当，
俺打刀矛，
庄户主拿去保家乡，
庄户主拿去保家乡。
鬼子来了，
和他拼个
你短我长，
你短我长。
打走鬼子大伙儿把福享，
打走鬼子大伙儿把福享。

（《抗敌报》1939年3月23日，《老百姓》副刊第20期）

开　荒

陈大文

月亮地
明光光
男女老少去开荒
多开一亩地多打一亩粮
一家大小不再闹饥荒

太阳儿
出东方
东山野草都铲光
只要大家齐心出力量
哪怕粮食装不满仓

持久战
打东洋
家家户户去完粮
抗日的力量大家来保障
打走鬼子才能把福享

（《抗敌报》1939 年 4 月 2 日，《老百姓》副刊第 21 期）

春天（歌谣）

陈三猫

正月里
是新春
男女老少起五更
手拿着锄头和犁耙
去到地里忙春耕

二月里
天气暖
老百姓们都打算
开罢的荒地多种粮
打出粮食好吃饭

三月里
三月三
大家心里好喜欢
开荒的办法真不错
一年要比一年沾

（《抗敌报》1939 年 4 月 10 日，《老百姓》副刊第 22 期）

给 我 个

史轮

你也唱，
我也唱，
八路军天天打胜仗。
夺来了刀，
夺来了枪，
夺来了洋马
——高又大，
夺来了大氅
——金黄黄。
骑洋马，
穿大氅，
枪刀明得赛月亮！
——同志，同志带着我，
夺得多了给我个！

（《抗敌报》1939 年 4 月 22 日，《老百姓》副刊第 23 期）

全 家 打 狼

史轮

小日本
是饿狼，

要吃俺爹吃俺娘，
还要吃俺，跟姐姐
——大桂香。

俺娘入了妇救会，
俺爹拿枪上战场，
我干儿童团来站岗，
姐姐替同志们洗衣裳。

全家一齐来打狼，
把狼打回它的东洋；
狼儿不走吃炮子（儿），
叫它死在荒山上！

（《抗敌报》1939年4月22日，《老百姓》副刊第23期）

义　　卖

义卖，
义卖，
你来义买，
我来义卖；
你们出钱，
我们出货。

救中国！

救中国！

（《抗敌报》1939 年 5 月 8 日，《老百姓》副刊第 24 期）

给英国参赞斯比烈

陈陇

一

昨夜
就听说，
一位英国的朋友
从太平洋上来！
我们
在油灯下，
不倦地写着
欢迎你的标语！
在黑夜里，
村口放哨的自卫军
却在讲：
明天，
要欢迎
我们的朋友！

二

今天
晋察冀边区，
在熹微的晨光里，
战士们，
农民们，
妇女们，
儿童们……
肃静地立在
高山上，
田野里，
大路口，
张着渴望的眼睛呵！
期待着，他的
最亲爱的
国际朋友，
快快地到来！

三

太阳光里，
你大步地
走来了！
带着我们
内心的喜悦！
你看见吗？

空中粗大的臂膀，
森林一样呵！举着！
你听清了么？
那恳切热诚的呼喊，
潮涌一般流着！
欢迎！
欢迎
中国人民的朋友——
斯比烈参赞！

四

你从太平洋上来，
带着比海洋更深的热爱！
来到了
我们的国度——
晋察冀边区！
我们问候你——
辛苦呵！朋友！
健康呵！朋友！

五

看吧！
这里
晋察冀边区！
铜墙铁壁！
这里——

千百万中国儿女们，
结成了
一个铁的集体！
他们要保卫祖国！
他们要自由解放——
他们要
要求的
人类幸福，
世界和平，
正义！——
挣破奴隶的锁链！

六

再看吧！
这里——
日本法西斯！
杀人，
放火，
奸淫，
掠夺，
哪还有一丝正义?!
就那些无知的孩子呵！
也会说——
打倒它
日本帝国主义！

让□□都
交给我们的朋友吧，
传播到
世界上去！

（《抗敌报》1939 年 5 月 16 日）

欢 迎 啊

□晋

老乡！老乡！
你看咱们的同志呀！
咱们那好样儿的儿郎！
一个个穿着汗湿的衣裳，
挺着胸打起枪，
满脸欢笑□从战场上下来了。
听呵！老乡！
他们都在说：
“又打了个大胜仗！”

邻家的王福哥，
对门的大嫂子和张二娘，
咱们都欢迎去。
咱们亲热地叫唤呀——

同志们，你们辛苦啦！
同志们！我给你们洗了这几件衣裳。
咱们还要拿出所有的东西，
慰劳咱们的同志，
慰劳咱们那好样儿的儿郎。
咱们要赶快拿出粮食来，
让咱们好样儿的儿郎，
吃得肥长得更壮，
打起仗也更有力量。
他们用性命换来了这次胜仗，
就是说咱们好样儿的儿郎，
用性命筑起了保护咱们的城墙。

老乡！老乡！
你看咱们的同志呀！
咱们那好样儿的儿郎！
一个个穿着汗还未干的衣裳，
又挺着胸扛起枪，
满脸欢笑□跑上了战场。
听呵！老乡！
他们都在说：
“还要打更大的胜仗。”
是的呀！老乡！
咱们大声地喊吧——
同志们！咱们都预备着欢迎呀！
欢迎你们打更大的胜仗，

那胜仗比这个还要漂亮！
那胜仗比这个还要漂亮！

（《抗敌报》1939年5月22日，《抗敌号外》第2期）

我的爸爸去当兵（童谣）

苏田

高高天上满天星，
我的爸爸去当兵，
妈妈呀！
抗日军人多光荣！

高高天上满天星，
游击队偷偷□去摸营。
妈妈呀！
爸爸会杀死那鬼子兵。

高高天[上]满天星，
活捉来鬼子一大群。
妈妈呀！
长大了我也去杀敌人！

（《抗敌报》1939年5月30日，《老百姓》副刊第25期）

武　　装

麦子熟，麦穗长，
太阳光下，遍地金黄，
这多么爱人！
是多么风光！
这是咱们的心血呀！
咱们活命的口粮，
咱们要保护它！
咱们要赶快武装，
同鬼子拼个你死我活，
同鬼子拼个你短我长，
叫他不要再在大白天里做梦，
叫他不要再在大白天里胡想。

（《抗敌报》1939年6月12日，《老百姓》副刊第26期）

呵！高尔基

林焚

在荒野上，听到了上帝的声音：
“起来呀，先知，你且□着，听着，
以我的意志缠绕着你的灵魂，
漫游过灰色的海、黑暗的路，

以我的语言燃烧一切人的心。”

——普希金《先知》

在吹雪的冬天晚上，
那人类相互间
冷淡阴惨的铁网面的
可怜的人们，
精神病者似的发着牢骚，
也忧郁地叹息：
太阳哟！你在哪儿呢？
就是月亮和星星也好呵！
我们的幸福的一片
只是冰雪与污泥！

在这样幽郁的夜里，
可敬的历史的赐□呵！
高尔基，
站在罪恶的对面，
以□□的憎恶的热爱，
嘲笑那生活薄弱的人们，
那懦怯□那软弱的无力。
在人的灵魂深处，
高尔基呼唤着：
人是该尊□的东西，
人什么也能做——
只要你愿意。
人须要信仰生活哟！

相信自己！

在人类同胞爱的阳光下，
高尔基跳入生命的河里，
用希望去修饰人生，
给人生渗进无限的欢喜。
相信吗？
那漂亮得
像花一样的姑娘□，
就是昨天还在哭泣的
茅屋中白发的妈妈哩！

呵！呵！高尔基！
在今天你辉煌的祖国，
那里，无论什么地方，
都充满着炎热的生命。
燃入灵魂的生命的力，
到处都在歌唱呀！
愉快的人民，
一切欢笑着的机器，
人类的光荣解放了！
这是对天才的感激呵！

高尔基，你“死”了吗？
尽管是三年了！
这对□

仍是一□悲哀的喜剧。
我生命的全部
深沉着你的言语，
我噙着泪吻着，
吻着你那有音响的活的字句……

我们默默地默默地
永远相信生活，
相信自己的力、真理……

（《抗敌报》1939 年 6 月 19 日）

祝福三个文化纵队

劳斯

我代表全世界上
把真理看作生命的人，
向你们三个文化纵队
深深地、深深地鞠躬！
把自己的血汗当枪弹，
和敌人和艰苦，战斗着，
您口头文化的第一纵队，
墙头文化的第二纵队，
钢板文化的第三纵队。
不希图什么慰劳□犒赏，
你们这群无名的英雄，

光荣的志愿兵！
你们手上起了硬茧，还刻；
你们累得咳嗽，还在朗诵，
画墙头——干臭的灰粉塞满了鼻孔。
就是风里、雨里、太阳的火里，
谁见过你们一晌的停工！
你们的重要不亚于扛枪杆的战士，
你们的艰辛超过了排字工人！
使敌人、汉奸顶害怕的你们哪，
获得了不能统计的胜利品！
我祝福你们愉快、健康，
将工作胜利地完成；
将来，在□□□□的新天地里，
你们将受到那些
□□儿童们的更大的尊敬！

（《抗敌报》1939年6月27日，《文化界》副刊创刊号）

麦秋（童谣）

一

夏麦秋，
到地头，
那边有几个割麦的，
哟……

警卫队员帮着咱们收。

二

麦割倒，
地里堆，
英哥抗日没回来，
哟……
公安局同志帮咱们抬。

（《抗敌报》1939年7月3日）

街头诗选

一、丢给汪精卫

——狼走到天边吃肉
狗走到天边吃屎——
汪精卫
自打溜出了
大中华的
门限，
浑身上下就
再也找不出
他爸爸的骨头

妈妈的肉！
他的腿！
看哟——
前爪跪着了敌人，
后爪又向我们爬抓。
我们
小心着——
别给他吃了肉，
叫他摇着尾巴吃屎去吧！
（褚坚）

二、战胜它

不说理的
大水，
像敌人一样的
该打！
它，刮走了
邻居，
它，淹死了
庄稼……
唔！（不要紧）——
重整地，
快铲砂，
冲毁了一次，
再种晚庄稼。
怕什么？

怕什么！

军政民合作，

挖河栽树修坝，

像对付

敌人，

我一定要

战胜它！

（劳期）

三、救灾

抗日的

同胞，

救国的

同志，

拿出钱来，

拿出力气，

更要

拿出种子——

救济

灾难里的人——

第一是

抗日军人家属！

（螺）

（《抗敌报》1939年8月6日，《文化界》副刊第2、3期合刊）

不替鬼子当兵

陈焱

不替鬼子当兵，
不替鬼子当兵，
咱们是中国人，
应当有良心！

不受敌人欺骗，
不受敌人欺骗，
为什么不顾性命，
残杀自己人！

大家齐心抵抗，
大家齐心抵抗，
为了民族生存，
死也是光荣！

（《抗敌报》1939 年 8 月 8 日，《边区青年》副刊第 5 期）

张　伯　伯

张伯伯
头发已有点苍白，

他爱同小孩子逗笑，
常拉□他们中□一个，摸一摸小脑袋，
捉□两只小手腕，
推出去再拉回来。
他好给孩子们说曲儿——
诸葛亮擒孟获，
活捉不服再放回来，
使他的贼心变过，
知道胡闹不应该。

五月的早晨，
满天是云，太阳不出来。
忽然，
走进草屋来一个同志，一个兵，
问张伯伯："老乡，上这大山怎么好走？"
张伯伯一时说不出来，
后来，他戴起草帽，拿起手杖，
亲切地把这位八路军拉出来：
"同志，我领你们走，
年幼的都给前线送饭去了，
这条山道你们摸不到。"

成群的队伍，
跟着张伯伯，
穿过这条山谷，
越过那个高岭，
弯弯曲曲，
到一段平坦的地方，张伯伯停下了，

指着面前的斜坡：
“同志们！绕过那山背面，
下去，就是日本鬼子住宿的土楼村。”
同志们诚恳地谢了张伯伯。

天气使人打寒战，刚落过雪，
回来的道儿
苦了张伯伯。
他很想坐在山石上憩憩，
但一想到没人看家，肚子又饿，
他挣扎着绕过山坡。
六十三岁了，他经不起这段爬山的折磨，
一失脚，从雪坡上滑下来，
张伯伯的腿跌重伤了……

当乡亲们成群地去慰问他的时候，
张伯伯忍着痛说：
“前线打得怎么样？
把土楼的敌人打跑了吗？”
读报小组的组长上前一步：
“张伯伯，西线我军胜利了！”
张伯伯眉飞色舞地微微笑□，
伸手要把报纸夺……
他又多一个曲儿说给孩子啦。

（《抗敌报》1939年8月24日，《老百姓》副刊第29期）

铁的主意

谁不爱母亲？
谁不爱边区？
生在这里，
长在这里，
跟鬼子打了快两年，
才保住了这一块
七十多县的美丽的土地。
灾荒，
日本强盗！
你纵然一时踏毁庄稼和田畦，
都不能动摇我抗日的心，我
铁的主意。
难道说
能打败敌人的围攻，
反在灾荒面前低头吗？
“躲开？
哪里有安乐窝？
别忘掉咱要抗日呵！……”
我听到农会长劝告王士奇：
“明白人，谁会不要家乡，
舍得晋察冀？”

（《抗敌报》1939年9月3日，《老百姓》副刊第30期）

大队人马回来了

——一个老头说的

吕剑

大家来看呀
在西山坡上
那片松柏林里
有人马来了
那面旗子上
有阳光
有风
抖擞着……

我眼有点花
庆子你仔细看看
是咱们的就好了
天——
别再是鬼子的吧

提起用眼泪
洗脸的日子
心就像撕裂了
日本兵来闹得这村子
真是鬼哭神号
姑娘们给糟蹋着

又掳走了孩子
小戆刚喊“打倒日……”
就给砍掉脑袋
躺在路上
三天还不准收尸

我快要下土的人
也免不了这劫数
抢走俺家镰刀锄头
吃尽牛羊猪狗
孙家新房子
也得罪了他们
好玩似的一把火
这片安静的田地
像人剥掉一层皮
谁都觉得早死的好
地狱的日子
实在活不下去

庆子
瞧清楚了吗
是咱们的旗子
真的是咱们的

去
迎接他们……

还有，快回去
烧茶水做面饭
各家打扫好场院
告诉老杨
快去乌龙山
给游击队送个信
说咱们的
大队人马回来了

啊，出头日子等着了
好容易渡过
这灾难的海
血泪的海呀

瞧呀
咱们的旗子
咱们的大队人马
大家招手吧
你们喊呀
我是喜得
说不上话来了
(转录自《新华日报》)

（《抗敌报》1939 年 9 月 19 日，《老百姓》副刊第 32 期）

这算盘打得过

我心眼□真明白
这□□破铁片
这一个□□□
有啥大□□□
你□是□宝贝一样
把它□□□又收藏

一到那角落□去找东西
不由人□要冒起火来
□□□□
不是扯烂你的衣服
□要拉破你的□
□真□□□
□有□□□□□
把它□□□□的了不得

我可再不□
□□□不乐意了
我是下定了决心
要把它送给政府

再说，政府是拿去做手榴弹

打鬼子

这点点□顶不了大的事

起码也还要做五六个

就□□一个手榴弹

打死一个鬼子

这算盘也真打得过了

你说，你说哪

还有再比这用处更大吗

我不管你乐意不乐意

我马上就把它送给政府去

唉！唉！娘，你这大的年纪

干吗这点事儿都还想不开

（《抗敌报》1939年9月27日，《老百姓》副刊第33期）

山　　歌

袁济川

一、荞麦儿花

荞麦儿花

莜麦儿花

大哥哥把铁打
打把砍刀鬼子怕
二哥哥把枪耍
百步穿杨好枪法
俺的年纪小
俺的勇气大
参加阜平营
好把鬼子杀

二、麻姑娘

□□□□□□□
家住城东张家庄
脚儿大身体强
也放哨
又站岗
还给战士洗衣裳
都是为了打东洋

三、裁寒衣

小板凳
两头歪
俺家大嫂好人才
会做饭
会剪裁
秋风紧
寒衣缺
为了战士穿
件件亲手裁

三更半夜不肯歇

（《抗敌报》1939年10月9日，《老百姓》副刊第34期）

三　　载

——鲁迅三周年祭再步鲁迅遗诗原韵

关白

凄绝临危绝笔时，
叮咛后死语如丝：
莫怀地下长行者，
高举人间正义旗。
半晌有心偏苦念，
满腔热泪不成诗。
烽烟大地今番壮，
三载遗言记甲衣。

（《抗敌报》1939年10月17日，《鲁迅先生三周年祭》专刊）

鲁　　迅

邵□□

鲁迅——
仿佛一块石头坠在心上，

怎样也难割舍，
而且心爱地保护着、温暖着。

犹如一个抱着鲜明的信念，
升沉在战斗里
愈加坚固的战士。
虽然他的坟墓在被奴役的土地上，
三周年了！

（《抗敌报》1939年10月17日，《鲁迅先生三周年祭》专刊）

这　里
——在晋察冀纪念鲁迅先生逝世三周年

田间

这里砂土和石头，
也感到难过，
它们没有见到鲁迅呵！

看吧，就是它们，
遇到大围攻也不哭诉，
而在叹息
鲁迅先生的死去……

（《抗敌报》1939年10月17日，《鲁迅先生三周年祭》专刊）

这把子“保安队”

二福

忽然一阵西南风，
来了一把子“保安兵”，
白志沂这家伙做司令。
武装好，
气派雄，
老百姓开会来欢迎。
大家想：“雁北又添一道新长城。”
谁料这群灰色货，
不打日本打百姓！
攻打俺灵丘县政府，
广灵的县款抢个空。
扣押高县长，
枪杀陈德音，
勒掠横暴，
跟日本强盗一般凶，
“老子一定要管这儿！”
“地盘”的坏想头多显明？
晋察冀成立两年了，
打日本保边区，
军政民都一个心。
模范的抗日根据地，
全在乎

一切为着民族、民权跟民生，
敌人来破坏边区，
谁料这把子“保安兵”
不但不保安，
竟当敌人的应声虫！
敌人攻灵丘，
白志沂在后方杀百姓，
白志沂在后面打我军，
里应外合，
汉奸勾当，
分分明明。
国法在上，
明暗汉奸都得扫清！

（《抗敌报》1939 年 11 月 2 日，《老百姓》副刊第 37 期）

跟着八路军

林晋

老爹一生苦着脸儿
但现在他笑了
俺小子自小不说话
但现在他唱歌啦
都因为八路军来了
八路军呵

咱们要永远跟着你
跟着你去到天边
去到海洋
去生
去死
咱们都要跟着你
咱们相信
你会带给咱们更好的日子
你是老百姓铁的靠山呀

（《抗敌报》1939年11月29日，《反扫荡》副刊第3期）

抬起头来

联晋

呵，呵，淡淡的阳光下
你倚在黑色的破墙边
啼哭着的老太太、娘儿们
抬起头来吧
你要咒骂也要抬起头来
指着仇人的那方
痛快地咒骂呀
你沉默着的男人们哟
你在瓦砾堆里寻找些什么
看呀，你面前的泥土

给你温热的眼泪润湿了
你曾经在瓦砾堆里
找着□□了肚子的
为保卫我们负了创伤的
年青而勇敢的
子弟兵的尸体吗
当你拂去他脸上的灰土时
你是不能找着一丝泪痕的

呵，呵，我亲爱的好心的老太太
娘、儿、强壮的男人
都抬起头来
挽住你们那流着的眼泪吧
这可怜的眼泪呵
这懦怯的眼泪呵
让它变成血与汗
淌流出来
我们只要血与汗
这个日子血汗才是宝贵的
血汗是勇敢而英雄的呵
不论是死去或者活着的
我们子弟兵的脸上
都永远没有一丝泪痕

淡淡的阳光下
大队的妇女、男人

昂着头走过去了

呵，呵，亲爱的

你们是一定看见了的

你们抬起头来呀

（《抗敌报》1939年12月11日，《反扫荡》副刊第4期）

一九四零年民谣

一

（一）滹沱河在往前面流

滹沱河，

滹沱河，

滚滚地往前面流，

中□民□呵，

要像滹沱河，

别向后转！

（二）铁的子弟兵

好男才当兵，

好铁才打钉。

铁的子弟兵，

无数的心，

硬要

把敌人打个光光净！

（三）把敌人赶到鸭绿江

中国人，
要像人样。
要堂堂，
要皇皇，
要把敌人
赶到鸭绿江！

（四）要苦战到底

小小冬麦，
还从雪地上长起，
我们这样发誓：
要苦战到底！

（五）在偷偷地跑

十一月的雪花，
满地白了，
在白白的山道路上，
我们看到
有些家伙
在偷偷地跑，
去同敌人勾结了！

（六）就是死也不屈服

在战斗最厉害的时候，
一个人民
为了战斗，
情愿让敌人砍下了头，
就是死也不屈服！

（七）一千二百万人

一千二百万人，
这么喊：
我们是抗日的靠山，
炮火打不死，
鬼谋打不烂。

（八）花能落下

别人喜欢花，
我们喜欢
我们的国家！

花能落下，
我们的国家，
不能亡呀！

（九）中国一定胜利

抗到底，
打到底，
在我们的前面，
敌人也要说：
中国
一定胜利！

（十）我们晓得他

我们晓得他，
在远远的那边的
一个好国家，
苏联呀，

只有他
才不和中国打架，
对中国顶好哇！

（十一）真正打游击

冰天，
雪地，
棉花，
小米，
八路军呵，
真正打游击！

（十二）天良在那里

八路军的血液，
淌满了
这些土地。
他还说
“游而不击”。
这些人的，
□□□□里？

（十三）放屁

不怕天，
不怕地，
八路打到山外，
也打到山里。
“游而不击？”
放屁！

（十四）这些决不投降

满地红缨枪，
满地黄绿武装，
告诉你们，
投降派，
这些决不投降！

（十五）仇恨

别看山高，
别看沟深，
只要看看敌人，
给我们的仇恨，
就比山还高，
就比沟更深。

（十六）怕什么

山高
也不怕，
沟深
也不怕，
就怕中国投了降，
我们踩在敌人脚底下，
到死
都站不起来啦！

（十七）打倒投降派

投降派，
还打着
抗日的

招牌。

拿抗日的招牌，
做投降的买卖。
（以上中国人作）

二

（一）准备反扫荡

敌人，
还没有死光，
对边区，
反过来扫荡。
反对妥协投降，
加紧放哨站岗，
用第一次的胜利
准备反扫荡！

（二）聂司令

聂司令，
是我们的大旗呀！
聂司令，
我们永远跟着你。
跟着你，
前进着；
跟着你，

到火里；

跟着你，

到水里。

……

跟着你，

你会带给我们好日子呀！

（三）好铁要打钉

好铁要打钉，

好男要当兵。

哥哥呀，

你□参加抗日军！

我送你，

送到王家村。

哥哥呀，

你要记牢呀，

你去参加抗日军，

一心一意打日本。

家里的事呀，

不要挂在心。

不要挂在心呀！

村公所，

群众团体，

都会照顾我们，

因为抗日军

是最光荣呀！

（四）参加八路军

你不听见聂司令说——
八路军，
是边区的子弟兵。

你不听见刘大叔说——
八路军，
是人民自己的队伍呀！

人民的队伍呀，
保卫人民，
保卫土地，
保卫祖国……
去，
你去，
我去，
去参加八路军呀！

（五）两头蛇

两头蛇，
毒又毒，
喝人民的血，
吃人民的肉。
……
顽固分子
就是两头蛇，
白志沂，

张荫梧，

投日本，

杀人民，

出卖祖宗

罪不轻。

呵哟，

来呀！

三拐儿，

王老儿，

拿起我们的铲子来，

把蛇头

切断，

把蛇头

切断呀！

（六）死，也不做奴隶

死，

也不做奴隶。

奴隶呵，

像马，

像牛，

像狗……

（以上林采作）

（《抗敌报》1940 年 2 月 6 日，《老百姓》副刊第 38 期）

春联选粹

反分裂反投降赶走日寇万民乐
要团结要进步收复失地四海安

坚持抗战自有安乐日
反对投降得过太平年

国土未复看谁敢轻言妥协
抗战艰巨望大家避免摩擦

驱逐敌人还我河山笑看升平舞
打倒汉奸巩固边区欢唱自由歌

驱逐敌寇出中国
迎来春色到人间

民主增力量
团结见精神

过新年增加新力量
除旧岁改变旧家风

投降即是痛苦
抗战才有自由

过新年坚持抗战
除旧岁反对投降

坚持抗战迎来快乐岁
反对投降除去苦难年

抗战热情拟春阳以俱上
快乐希望伴风信以同来

要沉着要坚定渡过相持阶段
不屈辱不投降争取最后胜利

抗战本艰苦有如冬夜
胜利是幸福好比阳春

投降是送出生命
抗战能争得自由

幸福生活唯赖抗战争取
太平景象从反投降中来

黄帝子孙努力齐抗战
中华儿女团结反投降

坚决拥护边区政府
彻底摧毁汉奸集团

坚持抗战干到底
快乐幸福此中来

横额：
抗战到底
军民合作
团结进步
改善民生

实行民主
坚持抗战
坚持团结
坚持进步

巩固边区
加紧生产
加紧春耕

反投降
反扫荡

（《抗敌报》1940 年 2 月 6 日，《老百姓》副刊第 38 期）

街　头　诗

一

（一）人民同战士

人民说：
“我是一切。”
战士说：
“我是一切。”
人民说：
“一切都要靠我。”
战士说：
“我要战胜一切。”

（二）人民的枪

人民的枪，
坚决要把敌人赶到鸭绿江！
人民就是希望，
人民就是力量。

（三）反对枪口对内

他们把枪口对内，
拿武器
血淋淋地
来杀害自己。
——反对叛变！
——反对枪口对内！

（四）这是干什么

他们呵，

正在破坏抗日的地盘——

边区，

不是准备投降去，

这是干什么？

（五）打倒投降派

投降派的肩膀上，

一面扛着

假抗日的枪，

装模作样；

一面就拿他们的枪，

压迫我们，

让自己好去投降。

（六）中国人不唱和调

敌人打不下去了，

在鬼头鬼脑

拉我们唱和调；

中国人呵，

和调是不能唱的，

不能上圈套！

（以上田间作）

二

（一）投降的家伙的想法

投降的家伙

天天在想：
怎样把这样多条生命，
这样多的土地，
卖给敌人。
至于明天做什么，
他是不想的；
至于老百姓的生活，
他是不想的。

（二）投降的家伙的样子

看样子，
投降的家伙说得天花乱坠，
长得也很体面。
对着老百姓他真是八面威风，
对着敌人呀，
你会认不得他。
那丑相，
简直是摇尾乞怜。
只要敌人能赏脸，
就连他祖宗的骨头
出卖也甘愿！

（三）投降的家伙和我们

我们要想过好日子，
他们要我们当奴隶。
我们要永远快活，
他们要我们永远哭泣！
他们为了自己好，

我们为了大家利益!
因此,
他们是我们的敌人,
有了他们,
便没有了我们!

(四) 反投降

反投降是为了争取胜利的幸福,
让我们在投降派面前,
伸出拳头。
打碎卖身契,
告诉汉奸——
奴隶□□干的,
我们要胜利!
(以上邵子南作)

(《抗敌报》1940年2月6日,《老百姓》副刊第38期)

谁不爱你像妈妈

郑钢

大麦苗
满地青
春耕运动成了□
今年没荒地
淤沙翻个清

秋了保准好收成
黑馍馍
小锅蒸
哥哥带着去当兵
八路战斗□
抗日打先锋
保卫家乡保〼

晋察冀
咱的家
抗日救国全靠她
谁来搞破坏
俺们就揍它
谁不爱你像妈妈

（《抗敌报》1940年5月1日，《老百姓》副刊第39期）

读《五十九个殉难者》

□□

朋友，你读完了吗
呵，朋友，慢点，请让我说
我的心跳动得太厉害了
我给这事件

掀入在伟大历史的回想里
我仿佛看见
十月革命莫斯科的巷战中
那飘动着红头巾的女同志们
汹涌地向我们奔来
我仿佛看见——
法兰西巴黎公社的女英雄们
在断头台边复活了
不，在中国的血泊里复活了
站起来了
你雄伟的自由人类的妇女呀
你崇高的中国式的母亲呀
呵，呵，朋友，慢点
你看见吗，听见吗
那敌人用烧红的铁条
烙向她们身上的“□□”□□□
那扎满针眼的胸脯
那碎瓶口划开了的乳房
那鲜血与颤动着的肉块呀
那给滚水浇肿了的身体
那鸡皮□似的脑袋
那躺在自己土地上
和自己血泊里的全体殉难者
他们好像还在挣扎
要立起来

呵，朋友，你听见吗，听见吗
那殉难者最后的生命的呼吼
“民族解放万岁！
八路军万岁！”
啊！万岁！……
万岁！……
朋友，我亲爱的同志
让我喊破喉咙
大伙儿都喊吧，喊碎这旧的世界
你已经看见了，同志
那□□□□无产阶级□
那青□□，我们这一代的青年
那鼓着眼睛的大刀
那咆哮的火枪
那被夺回来的兄弟
你都看见了，同志
看见了
那柳陀村的子弟兵走来了
那全边区的人民都向我们奔来
几千几百的男的女的
几千几百的青年儿童
数不清的人群走来了
民族解放万岁
八路军万岁
叫喊着向敌人扑过去了

"五千年的古老的民族
在这里找着
热爱着她的女儿和孩子了！"

（《抗敌报》1940年5月1日，《老百姓》副刊第39期）

打 呀 打

打呀打！
打呀打！
相持阶段来到啦，
敌我差距扯平啦。

打呀打！
打呀打！
我们军民就像一个人，
不搞分裂，不能投降。

打呀打！
打呀打！
打跑敌人才能活，
打跑敌人才能行。
打呀打！

打呀打！

打到大家有饭吃，

打到大家能有路。

打呀打！

打呀打！

这时谁要出卖我们，

我们就连他一齐打。

（《抗敌报》1940年5月10日，《老百姓》副刊第40期）

不当伪军

南丹

一

在敌区里，

青年人，

壮丁们，

都像一条牛，

被绳索套住了，

拉出当炮灰。

二

“八格呀啰！

把这支破枪拿去，
向你的爸爸，
向你的妈妈，
向你一切的亲人……
凡是不投降的支那人，
统统把他打死。
一个也不留下！”

三

让你家里的亲人，
哭坏眼睛吧，
这是你们自作的孽呵。
假如我不打死你，
我就要死在你手里。

四

祖国的弟兄们，
你们是八路军吗？
我正要投进
你们铁的行列呀！

（《抗敌报》1940 年 5 月 10 日，《老百姓》副刊第 40 期）

一 条 枪

羌野

一条枪，
擦得光，
投降派看见心着慌。
我们的枪不客气，
我们的枪也不乱放。
谁要出卖我们，
就叫他碰碰这力量！

（《抗敌报》1940 年 5 月 10 日，《老百姓》副刊第 40 期）

摩 擦

羌野

日摩擦
夜摩擦
什么八路军不打仗
什么共产党要夺天下
这些都是放屁的话
做个幌子出卖国家

（《抗敌报》1940 年 5 月 10 日，《老百姓》副刊第 40 期）

一　齐　打

陈如

你也打，我也打，
打得敌人没办法。
我不打，你不打，
敌人一见笑哈哈。
坚持团结齐努力，
反对摩擦和分家。

（《抗敌报》1940年5月10日，《老百姓》副刊第40期）

送我哥哥去当兵

曼陀

送我哥哥去当兵
哥哥去当八路军
八路军干革命
哥哥此去最光荣

（《抗敌报》1940年5月10日，《老百姓》副刊第40期）

八　路　军

倪尼

共产党
八路军
保国家
爱人民
人人拥护他
全国模范军
我是好男儿
去当八路军

（《抗敌报》1940年5月22日，《老百姓》副刊第41期）

我们坚决像铁

羌野

我们坚决像铁，
我们坚决像钢，
谁要出卖我们，
我们同他算账。

土地大、江河长，

我们都是中国的好儿郎。
幸福的生活要抗战争取，
妥协投降，只有灭亡。

（《抗敌报》1940 年 5 月 22 日，《老百姓》副刊第 41 期）

祝新子弟兵

中国人

麦子马上会熟……
“保卫麦收！”
这是你们，
第一个战斗。

亲爱的同志，
完成了战斗，
咱们一定要请你
吃烙饼
和大猪肉。

（《抗敌报》1940 年 5 月 30 日，《老百姓》副刊第 42 期）

张 大 嫂

严挺秀

张大嫂
你是个明白人
什么都知道
要想过太平日子
把日本人赶跑
没有咱们八路军
办不到

哎，说到八路军
那真样样好
抗日坚决不动摇
纪律强
主张公道
打仗也刮刮叫
对待老百姓
亲热又和气
你看，多好，多好
论抗日
这样的军队
要算顶可靠

你看，张大嫂

人家年青哥儿们
都往前线跑
你家大虎子
年青力又壮
怎么还不劝劝他
早日参加八路军
一同抗日把国保

（《抗敌报》1940年5月30日，《老百姓》副刊第42期）

月　亮　地

倪尼

月亮地
亮光光
游击队员出村庄
腰中挎着手榴弹
肩上扛着红缨枪

月亮地
亮光光
敌兵放哨暗思想
昨天接着家中信
国内捐税愁死娘
逼得妻妹下了娼

——忽然想起八路军
使他害怕又惊慌

月亮地
亮光光
游击队员不慌张
轻轻溜到敌兵旁
噗嗤就是红缨枪
日本哨兵见阎王
游击队员背起大盖枪

月亮地
亮光光
送咱胜利回村庄

（《抗敌报》1940年5月30日，《老百姓》副刊第42期）

麦 收 谣

袁济川

一、一棵麦子

叫老乡，
听我讲：
一棵麦子
好比一支枪，

没有枪来怎能打胜仗！

没有食粮怎能饱肚肠！

二、麦子黄

五月天气热难当，

暖风吹得麦子黄。

快割快收快快藏，

小心鬼子来抢掠，

保证军民有食粮！

三、加紧麦收

好哥哥，

好弟弟，

咱俩同到地里去。

你割麦，

我打场。

爹爹背向家里藏，

妈妈蒸馍馍，

一个一个烹烹香！

四、军民合作

军民都一样，

合作互帮忙。

粮食足，

兵马壮，

八路军战术又高强，

八路军天天打胜仗，
敢叫日本狗强盗
死在咱们手头上。

（《抗敌报》1940年6月7日，《老百姓》副刊第43期）

向前面进攻

——好兄弟！永远保卫七月的光荣

田间

勇敢，
勇敢，
还要勇敢！

——列宁

去向前面进攻！
铁一般地
向前面进攻，
向前面进攻！
七月的风
在吹着
我们的英雄
不死的血，
从血上
还要进攻！……

进攻，
中国人一定
要进攻！

（谁要投降，
把他打倒！）

跨过一切，
向前面进攻！

我们正在望着
祖国宽阔的天空，
做着好梦。

到明天，
梦会变成实现，
变成
无比的光荣。

勇敢，
勇敢，
还要勇敢！

一九四〇年七月

（《抗敌报》1940年7月7日）

“七七”画十景

林冬苹

割完麦子打完场
夜晚街前来乘凉
村东头锣鼓响叮当
从那边走来一个卖唱郎

安好鼓儿放好了锣
尊一声列位乡亲细听我来说
今天本是个大节日
我奉送列位一个“七七”纪念歌

七月七日银河清
晋察冀边区有个巧画工
画工名叫白秀英
有一卷画儿出大名

白秀英是个小学生
聪明伶俐是天生
画就边区的十样景
我一张一张说个清

第一张画的是八路军
神出鬼没调动大军

粉碎敌人一切“扫荡”
成千成万歼灭敌人

第二张画的是边区子弟兵
子弟兵是青年的八路军
保卫家乡保卫祖国
子弟兵的任务神圣又光荣

第三张画的是边区青年
青年小伙子敢上火线
成连成营参加子弟兵
历史上的美名万万年

第四张画的是边区妇女
妇女勇敢真无敌
剪短头发放大足
不拖尾巴不哭啼

第五张画的是边区儿童
边区儿童小英雄
父是英雄儿好汉
站岗送信参加春耕

第六张画的是去年夏天
无情大水把田地淹
边区人民团结紧

互相救济渡过难关

第七张画的是无耻鬼子兵
去年冬季来进攻
粮食抢走，房屋烧掉
我们时时要提高警觉性

第八张画的是整滩又开荒
多年的荒地今年能种粮
边区人民力量多伟大
战胜老天名儿扬

第九张画的是□□□□
投降顽固阴谋□□
暗藏在边区
挑拨离间

第十张画
促进宪政
这一张画儿
画得更是精
中国抗战离不了民众
百姓没权理儿说不通
民主实现胜利有保证
投降危机才能□清
十张画儿说个清

老少男女喜盈盈
七月七日纪念抗战
促进宪政不放松
（“七七”三周年纪念）

（《抗敌报》1940年7月7日，《老百姓》副刊第45期）

我们越来越想你了

——在晋察冀纪念鲁迅先生逝世四周年

田间

在村子上
我们
也组织剧团了

呵，鲁迅先生
我们
哪会
演戏呢

但是
我们要演戏
从马灯下
叫真理现现
二鲁的妹妹

才十一岁
她伸着小脸
向老乡喊
“中国人，
要新民主主义……”

我们演得很不好
不过我们知道
呵，鲁迅先生
你决不会嘲笑

要是啦
你能站在这里
□抽着烟
□看我们

你当面
批评我们
指导我们
多好呀

我们也能够
和你走在一起
村子上住着你
那多幸福

你呵
是真的神

我们向你祷告
为了你死了

过些天
全晋察冀
一定要演大戏
来纪念你

那是用你的意志
流着战斗的血花
在沙子路上
演着大戏

大戏里
我们将这么唱
“鲁迅留下给人民的道路
现在发出光芒……”

呵，鲁迅先生
我们越来
越想你了

一九四〇年十月初稿

（《抗敌报》1940 年 10 月 18 日）

爱护晋察冀

——纪念边区政府成立三周年

邓康

太行山是无言的
像一个老妈妈在沉默着
也许，她是在想
——用什么来接受
晋察冀边区
给予我的荣誉

（《晋察冀日报》1941 年 1 月 15 日，《晋察冀艺术》副刊第 2 期）

街 头 随 笔

丁克辛

一

前年一石谷，
缴租五六斗，
现在一石谷，
只缴三斗七，
够吃啦。

老乡：
这还只是二十条纲领里的半条哩！

二

妞儿看着满天星星，
□眼睛，闭起眼睛想：
一百万子弟兵比星星还多吧！

三

百团大战以后，
敌人下命令给顽固派和摩擦专家说：
“你们这些笨家伙呵，
现在还尽说‘游而不击’吗？
该打屁股三百！”

（《晋察冀日报》1941年1月15日，《晋察冀艺术》副刊第2期）

纪念“母亲”

田间

“母亲”的手，
举起来，
托举起工人的呼喊，
向全世界……

呼喊高大了，
警钟响了，
工人们抱着“母亲”
伟大的胸怀！

一九四〇年

（《晋察冀日报》1941年1月22日，《晋察冀艺术》副刊第3期）

别抛弃正义

中国人

我用国民的资格
向你警告——
别抛弃正义！

你要知道，
即使新四军
被你无耻地损害了，
正义还要猛烈地燃烧，
永远地活着。

一九四一年一月

（《晋察冀日报》1941年1月31日，《晋察冀艺术》副刊第4期）

慰　　劳

——四十团一营街头诗

子弟兵受了伤
痛在老百姓心上

大家来慰劳
捧出核桃大红枣

要战士心里甜
要战士心里笑

（《晋察冀日报》1941 年 1 月 31 日，《晋察冀艺术》副刊第 4 期）

打杀亲日派

曾得胜

诸位老乡，
天变了，
咱们头上，
亲日派和顽固派
开了刀。

他杀新四军，
也杀老百姓，
要把咱中国
出卖给日本。

日本哈哈笑，
他说：“儿子替我拿刀，
爸爸给你撑腰。”

有了“爸爸”还怕啥？
亲日派就调大兵，
八天八夜在茂林，
拼命攻打新四军！

天大的罪恶——
何应钦、顾祝同、上官云相，
说不尽的大混账……
他还是中国人养的吗?!

正是——
是人？不是人！
秦桧坐朝廷，
造谣：“新四军
叛变不守命令？”

可惜亲日派太粗心，

泄露了那个下“命令”的是日本人，
所以说“叛变”吗？正好是他报告——
他在青天白日底下出卖了！

不过这卖得也真够可怜，
大哥汪精卫早占了他的先，
到头你不过是日本的幺儿子，
还得仔细你的皮臭骨头烂！

得了，这且不表。
共产党已经提出十二大条，
大家一定要把它彻底办到！
要国民政府认错认改！
咱们的口号——
打杀亲日派！

不改？不行！
咱们有四万万老百姓，
有强大的中国共产党，
有八路军和新四军；
有力量，
打敌人！
不怕今天天变黑，
明天一定要光明！

（《晋察冀日报》1941 年 2 月 1 日，《老百姓》副刊第 46 期）

中国在哭泣，在愤怒

中国人

中国在哭泣，在愤怒……
中国，他可以忍受一切的痛苦。
中国，他不忍看到
他的败类，
用卑污的手段
打碎他的光荣的保卫者的头颅！

（《晋察冀日报》1941年2月6日，《晋察冀艺术》副刊第5期）

同志，握着新四军的血前进

最后的一滴血，
也从我们战友身上滴下了，
为了争取国民的战斗□，
他们的枪
绝不会□到阴谋家手里！

（《晋察冀日报》1941年2月6日，《晋察冀艺术》副刊第5期）

春天谣（新歌谣之四）

林采

一、人人要劳动

不管你是否工和农
你是人呀你就要劳动
春天到来你就去下种
好样儿的不做寄生虫

二、劳动英雄是大将

锄头枪杆一样长
多开荒地多打粮
开荒好比打胜仗
劳动英雄是大将

二月十九日晨

（《晋察冀日报》1941 年 2 月 22 日，《老百姓》副刊第 49 期）

春天谣（新歌谣之五）

林采

参加垦荒团
大家合伙去劳动

集体的力量赛似龙
喂，参加垦荒团

集体的力量大如山
我们就把这荒山翻
参加垦荒团

好比大军把山攻
我们向着山头冲
喂，参加垦荒团

好比河水决了堤
把河水呀引到地里去
参加垦荒团

多开荒地多打粮
垦荒团呀总比你个人强
喂，参加垦荒团

二月十九日晨

（《晋察冀日报》1941 年 3 月 1 日，《老百姓》副刊第 50 期）

春天谣（新歌谣之六）

林采

老黄牛

嘎嘎……老黄牛
拖紧犁耙向前走

我和你呀起来一样早
星光还在树上绕

嘎嘎……老黄牛
努力不要把懒偷

我和你的汗呀一起滴
滴湿了土块也不歇

嘎嘎……老黄牛
多出劳动多丰收

我和你呀归去一样晚
星光又在树上灿……

（《晋察冀日报》1941 年 3 月 23 日，《老百姓》副刊第 53 期）

当毛泽东和聂司令

小竹

儿童节，大早晨，
我和小牛商量定：
小牛要当毛泽东，
我却想做聂司令。
毛泽东，
多才又多能，
日本鬼子最怕他，
全国人民都尊敬。
聂司令，
带领边区子弟兵，
天天出去打胜仗，
保护咱们老百姓！

（《晋察冀日报》1941 年 4 月 4 日，《老百姓》副刊第 55 期）

儿　童　节

——□□谣（童谣）之七

林□

今天的日子快乐多

——啦啦啦！啦啦啦！……
哈！今天的日子快乐多，

我叫你一声姐，

叫你一声哥；

大家来哟□来哟唱个歌！

——啦啦啦！啦啦啦！……

哈！大家来哟唱个歌，

歌声遮盖滹沱河里波！

我们站在太行山上呼；

我们的刀枪森林一样多！

——啦啦啦！啦啦啦！……

哈！我们的刀枪森林一样多，

我们的拳头大也臂膀粗。

看呀我们这群小老虎，

要打死日本强盗和那老顽固！

——啦啦啦！啦啦啦！……

哈！打死日本强盗和那老顽固，

新中国的主人我们来做！

叫你一声姐来叫你一声哥，

我们要张开喉咙大□□！

——啦啦啦！啦啦啦！

啦——啦——啦——！……

前面有一面大旗

前面有一面大旗，

大旗飘在天空里！

呵，小姐妹，小□□，

我们跟它去！

跟它去，我们唱着歌——
共产党！
共产党！
中华民族，儿童要解放！

（《晋察冀日报》1941年4月4日，《老百姓》副刊第55期）

我和小树

小竹

去年儿童节，
认字二百多；
今年儿童节，
能识两三千。
我把字儿□□树。
我说：“⧄
啊小树？
今年儿童⧄
你我都⧄
你要快快⧄
高到半天⧄
我也快快⧄

身体粗☐
你长大了做栋梁，
我长大了保边疆！”

（《晋察冀日报》1941年4月4日，《老百姓》副刊第55期）

春　　风

栗茂章

春风，
掠过了面，
轻又暖。
你——
给与人们
舒适，
快感。

一年四季，
你来得最早，
从——
海边，
天际，
轻轻吹起。

你告诉劳动的人们，

说着：
“可爱的春天，
开荒呵，
生产！”
于是，
他们——
扛起锄头，
把汗珠往土里丢。
你唤醒着大地，
万物，
人们，
都抖擞着精神，
向着春天伸展，
都希望着你，
永远停留在人间。
（联大文艺学院少年队儿童文艺小组稿）

（《晋察冀日报》1941年4月9日，《晋察冀艺术》副刊第11期）

我们要唱焦全英

——新歌谣之八

林采

我们妇女去春耕，
我们要唱焦全英。

丈夫抗日上战场，
□不思来也不想，
起早落夜锄头响。

养鸡养猪又养羊，
麦苗青青谷子香，
秋收打得多担粮。

劳动英雄第一名，
我们要唱焦全英。

三月三十日夜平山

（《晋察冀日报》1941 年 4 月 12 日，《老百姓》副刊第 56 期）

春天的麦儿绿油油

倩

一

春天的麦儿绿油油，
二虎开荒赛过一条牛，
大清早起帮着抗属去刨地，
月亮上山还在响锄头。

二

举起新的锄儿用劲锄，

一年的生活靠锄头，
军队饿肚打不了仗，
鬼子杀来鸡犬都难留。

三

边区的人儿性格强，
从来不向困难去投降，
今年的春耕顶要紧，
争□劳动英雄把名扬。

（《晋察冀日报》1941年4月12日，《老百姓》副刊第56期）

子弟兵歌

布直琴

我是光荣的子弟兵
我的“母亲”聂司令

聂司令
聂司令
他叫我学打枪
我就□着□上高山
他叫我学骑马
我就骑着马到平原

我走到了哪里
哪里有我的弟兄
我走到了那里
弟兄们和我打跑了鬼子兵
我有马，我有枪
保卫我们的家乡
我是边区人民的子弟兵
我的“母亲”聂司令

（《晋察冀日报》1941 年 4 月 17 日，《子弟兵》副刊创刊号）

好 儿 童

李春贵（十一岁）

好儿童，好儿童，
我们是将来的主人翁。
虽说我们年纪小，
我做的是大事情。
捉汉奸，杀敌人，
抗日救国最打先锋。
全边区，好人民，
莫把儿童们看轻！

（《晋察冀日报》1941 年 4 月 18 日，《晋察冀群众》副刊第 2 号）

大　傻　瓜

小竹

王二的妈，大傻瓜
儿子生病不吃药
偏去烧香拜菩萨
□来没有神
□去□把银钱花
人都说她老糊涂
我却叫她大傻瓜

（《晋察冀日报》1941年4月19日，《老百姓》副刊第57期）

生产的热潮在澎湃着

辛勇

生产的热潮在澎湃着，
生产的热潮深入到每个角落。
炊事员在散播蔬菜的种子，
饲养员在准备大量的肥料，
全体同志背起了他们的锹镐。
生产的勇士们，
用冲锋的精神
回答了上级的号角。

生产的热潮在澎湃着，
生产的勇士们占满了山腰，
他们寻觅了大量的荒地，
他们详细地划分了地区，
个人、班、排在竞赛着，
生产的勇士们，
奋勇而沉着，
准备了战胜敌人的资料。

更高度地提高生产的热潮，
更积极地准备我们的资料，
充实起边区的实力，
巩固这民族解放战争的堡垒。
生产一粒米如同增加一粒子弹，
来给敌人以更长期更大的消耗，
用我们一切的力量来向法西斯搏斗。

（《晋察冀日报》1941年4月23日，《晋察冀艺术》副刊第12期）

比　一　比

倩

“铁匠哥，铁匠哥！
今年咱们比一比，
看谁的活干得多？”

“长工弟，长工弟！
这个比赛有意义，
咱们把它当礼物，
送给咱们五一节。

第一我要多打刀，
第二我要多打镐，
多打刀来杀鬼子，
多打镐来把地刨。”

长工说：
“我的计划多开荒，
努力开荒种五谷，
保证军民有食粮。
大家吃饱有力气，
英勇杀敌保家乡！”

（《晋察冀日报》1941 年 4 月 26 日，《老百姓》副刊第 58 期）

苍蝇、蚊子和臭虫

——新歌谣之九

林采

一

苍蝇嗡嗡嗡嗡，
飞西又飞东；

早晨登毛厕，
下午上饭宫……

你说王二为啥肚子痛，
刘三为啥一命送了终？

二

蚊子嘤嘤嘤嘤，
飞起像乌云；
吸了你的血，
身上一块青……

你说张三为啥打摆子，
李四为啥翘辫子？（注）

三

臭虫嗦嗦嗦嗦，
夜出白天伏；
喝干你的血，
肿起一块肉……

你说丁一为啥痒得慌，
赵二为啥满身疮？

四

消灭寄生虫，

我们要健康，
健康又强壮。

好好的身体打日本，
日本哪里打不胜？……

四月二十三日平山夜

（注）翘辫子，就是死。

（《晋察冀日报》1941年5月6日，《老百姓》副刊第59期）

破　路　歌

陈福生

西边山上月儿明，
东边山下阴沉沉。
风吹西山草乱动，
东山底下一群人。

一群人，一颗心，
一颗心，一群人。
一群人呀去破路，
一颗心呀打日本。

手里拿着新铁镐，

背上扛着大麻绳，
一气破路五十里，
割回电线两千斤。

敌人电话叫不通，
敌人汽车走不动。
割掉敌人耳和脚，
咱们军队好进攻。

（《晋察冀日报》1941年5月10日，《老百姓》副刊第60期）

故乡的诗章

邵子南

我的故乡是奇异的，
而我是它的奇异的旅客。

我的故乡，
美丽的，奥秘的，□□□□□□□国土。
□花红了，□□□在土地上，
在大雾的早晨，□子像火烧似的，
穿着夹衣就可以过午了。
水汪汪的一条江流，流□江□，永远不结冰。
我曾经在那里生长大。

我开始流浪。
当高利贷债户塞满故乡的时候，
我离开了它。
从明晃晃的大路走向地平线，
我半眼也没望□我的故乡。
故乡是厌倦的狭隘，养不了我。

□着我，我大哥也出了故乡，
到都市里当看门的；
我的三哥当了强盗，赶出故乡；
□□□□，□□夫，
我的叔叔当了流氓。

我不爱我的故乡，
我独自走得遥远，一直到□□，
死了似的一去不回。
我的母亲以为我死了，
替我立了碑，招我的魂。

从此，我爱上了异乡的人民，
用刀子参加斗争。
从异乡走到异乡，
我歌咏，向我的各地来的伙伴。

年复一年，我在异乡，
几万里了，每天改换着宿营地。

我忘了我故乡的事情，
我完全惯了，
一面走着，一面还有了家了。

□□，我想起了我的故乡，
因为故乡建立了和我信仰不同的王国，
杀我的伙伴的人在那里强占了。

——我的故乡，要我们互相了解，
□非你□成我的伙伴们的王国！

一九四一年一月二十四日

（《晋察冀日报》1941 年 5 月 14 日，《晋察冀艺术》副刊第 14 期）

五月一日在这里

鲁藜

一

啊！我要多站一会儿。
雨，下得正好，
劳动日——下劳动的雨。

每滴雨
都是这样甜蜜，

流过我的脸，

我的胸脯，我的心脏！

二

我的兄弟们

和我一样，站着。

我看见他们

也和我一样的欢喜！

我们都是一样

满心的欢喜，

满脸的雨滴

漂流着我们的笑！

三

眼看着

我们的田野，

麦子快熟——有的倒下了。

雨，下得正好，

我们劳动，我们要去收□。

在都市里呢？

上工的汽笛，不再叫□。

我们的兄弟

结队□，去游行示威。

在黑暗里的

他们烧起了火；
在光明里的
他们向我们招手！

四

这一日，
浓雾降落在晋察冀，
也降落在欧洲的海岸。

可是，
在我们的北方，
劳动者的祖国——苏联，
五月的天空，高高的
红色的星，
像红色的蝴蝶
在那里飞……

五

□我们
正立在风雨里。

我们，爱风雨。
没有风雨，
不会有丰富的收□；
没有斗争，
不会有□啊！

六

这一日啊，
我很欢喜，
站在风雨里的战斗的行列
也有我自己；

而且在风雨里，
我和兄弟们一起唱国际歌。

一九四一年五月一日雨里

（《晋察冀日报》1941年5月14日，《晋察冀艺术》副刊第14期）

街头诗抄

锄头和枪

年青的兄弟啊
我把这锄头□供你
告诉妈妈
让她心欢喜
我去当光荣的八路军去了
拿枪去了
（沙）

来互相温暖呵

春天
这饥饿的季节
难闯的关头
来啊
即□是一毛两毛
斗儿八升
大家集合起来

到平粜局去入股
用集体的力
共济的心
来互相温暖啊
（田流）

赶快打造农具

农民的武器
——农具呀

农民同志
赶快打造农具
叫日本强盗
在我们的农具下
哭泣
在我们的热情的土地上
哭泣

(白水)

检查一下

检查一下
看看
咱们的农具
有毛病吗
种子合适吗
要不
就想法修理和解决一下
因为春天
又来了
(田流)

(《晋察冀日报》1941年5月14日,《晋察冀艺术》副刊第14期)

快快动员

陈福生

五月里
麦穗放金光
大家看了喜洋洋
自己流的血和汗
自己要把幸福享

五月里

麦穗甜又香

□人口水三尺□

东调兵，西遣将

想把麦子都抢光

五月里

家家割麦忙

保卫麦收要武装

□们快快动员起

快收快打快快藏

（《晋察冀日报》1941 年 5 月 24 日，《老百姓》副刊第 62 期）

胜 利 归 来

鲁藜

我们的队伍回来了

我也跟着队伍回到驻地

村庄

又重新热闹起来

农民从山里回来了
战士成群在街上走

孩子们认识我
把我拖来拖去

我走入我住过的房子
房东老太太大声地叫着我
请我坐到炕上
她告诉我：全家大小托福都好

（《晋察冀日报》1941 年 5 月 28 日，《子弟兵》副刊第 7 期）

武装保卫麦收（新歌谣）

胡秀珍

一

麦穗黄，麦子香，
庄户人家割麦忙。
不分老幼一齐加劲割，
不要等到鬼子走来——
把它用火烧光。

麦子熟，像金黄，

快收快打快快藏，
藏在山沟里，
藏到掩蔽的地方，
不□鬼子抢去一粒食粮。

二

儿童团，要耐心，
认真放哨检查过路人，
注意汉奸和敌探。
他们是鬼子进攻边区的眼睛，
咱们先将鬼子的眼睛挖掉去，
他要进攻，
就像瞎子摸不着路头行。
青抗先、自卫队，
赶快背起铁锹、手榴弹，
大规模地破路，
绝断鬼子的交通，
有计划出击王八窝里的敌人，
搞到他坐卧不安生，
不敢轻易走出王八门，
让咱们的麦子
好好来收成。

三

麦子收得多，
麦子藏得好，
抗战军民粮食足，

咱们边区更富强。

哥哥上战场，
妹妹也武装，
大家帮助子弟兵去打仗，
粉碎鬼子抢粮的“扫荡”，
挖出鬼子毒辣的心肠！

一九四一年五月于平山

（《晋察冀日报》1941年6月3日，《晋察冀群众》副刊第5期）

批判的抒情诗

军　城

这里选登了两首诗，因为它们具有特殊鲜明而突出的政治教育的和思想批评的意义，对于很多青年朋友们是有益的。作者军城同志来信说：“我企图写一集社会的政治的日常事件的抒情诗，来描绘这两个时代在人们身上割裂着的那痛苦的残酷的悲痛，及从悲剧到革命的喜剧——我不是一个旁观者，我是他们中间的一个。”这里所选登的《自我批评》就□□是作者的结集开篇第一首，《世界是我们的》应该是最后的。据作者自己说，“《自我批评》那一首是一张小膏药，我想拿它来涂抹别人或者自己那分裂了的但新肉又还未完全长成的创口”。作者深深地感到“人大概都是有阴暗的一面的”，果戈理说：“乞乞科夫的丑恶而卑劣的情感，很多都是我自己生性上的东西（大意如此）。因此，一个真正的人的决定，就是在他能不能拿出他那卑污的东西让风吹散，否定；肯定着自己那些善良而高贵的伟大处。”这是对的！我们应该认识：我们今天所进行着的这一伟大的革命的战争，它同时就必然要而且已经是在改造着旧的世界、旧的社会，成为一个新的世界、新的社会。——不但这样，而且它还必然或特别要求改造人们自己。过去的历史所残留在人们意识内层的恶毒有害的因素，把它彻底地剔刮净尽吧！——这是每一个现代革命的战士在斗争中锻炼自己、改造自己，从而用以改造人群、改造世界的中心课题！

——编者

一、自我批评

医生要施行手术

他用麻醉剂

来减少病人的痛苦

谁都知道

这不过是一种欺骗

但对于肉体的病症

我们说——不错

它还是个好的发明

可是，我可爱的朋友

青年人，你却错了

你完全误用了它

你那幼稚的心

我很清楚——有病

有可怕的细菌

有最脏的废物

这样的病

麻醉剂——没有用

有细菌，要消毒

废物应该刷洗清楚

对于你——这也许

是一种痛苦

将会难受……

可是，不要紧

请你看我

不，请看我头上的天空

天空——没有了乌云

太阳和星星

愉快

我不能说出啊

二、世界是我们的

祝福你——

你火中跳舞的姑娘，

祝福你——

你血里游泳的战士，

你们是很幸福的……

儿孙们将以羡慕的眼光
来看望你们的年代，
以英雄的诗篇来赞美你们。

伸出你的手来！
时代给予我们的□不□□，
而是很多的恩惠。

但是，也有的人自杀了。
在现实的魔鬼□□，
他们无声地低下了头□！

(力量哪里去了？
连哭泣都没有声音。
要打□你们，
也不可靠了！)

有的人自杀了，
是在这种炎热的季节，
这样活生生的日子□。

世界在分裂着，
日子也在分裂着呀！
这是没有法子的……

我们总不能叫老鼠
学□生活的法则，
那见不得阳光的猫头鹰呀，蝙蝠呀……
一切胆小而卑怯的生物们，
都让它死去好啦！
世界原也不是它们的……

叹息和眼泪，
我们——没有！

年青的世界呵，
美好的日子啊，
你也“不要悲哀，不要□□，
就是太阳也有污点”（注）。
没有了他们，
我们的队伍
将更加鲜明。

而从地狱里
救起你们来，
那是我们的事！

世界——你是我们的呀！
日子——你是我们的呀！
啊，日子——我们茁壮的马儿，

驮着我们
到世界去吧，
到丰富而美丽的我们故乡□呀。

我们的马儿呵，
你飞奔吧，
你跳跃吧，
我们——不会摔下来。
我们的力气比天□大，
是死也摔不下来的！

一九四一年五月二十日□□

（注）倍兹勉斯基原句。

（《晋察冀日报》1941年6月12日，《文化思想》副刊第9期）

游击小组

林采

就在黑夜，
月亮很淡，星星也不眨眼；
背上土□，
到敌占区去割麦。

自己种的麦子，

像自己的一颗眼珠,
不能让鬼子挖去!……

嘿!鬼子缩在王八窝里,
怕他妈的鸟种!
嘿!要是他出来试试,
打死他这王八鬼子!……

(《晋察冀日报》1941年6月14日,《老百姓》副刊第65期)

加到火里

——纪念中国共产党诞生二十周年

中国人

呵
滹沱河
滹沱河
你
活了多少年

你
比我还老

你穷得可怕

你站不起来

你说
长出那一点□□
□□□□

哼
就是那一点□□
就是你
还有人
跑来抢夺

呵
滹沱河

你
也快死了
滹沱河

但是
你还没有死
滹沱河

你知道□
这是什么力量

在你的旁边
连孩子都喊
“万岁，
共产党！”

你听到吗
滹沱河

就是他啊
他像一把火
照着你

照着你
他烧着

我们——滹沱河上的人民
也晓得把血
加到火里
让他更烧得大些

因为
把压迫烧掉了
把贫穷烧掉了
我们就好了

那时候

你就不再乱叫

我们不再哭泣

呵

滹沱河

（诗剧《枪》中之一节）

一九四一年

（《晋察冀日报》1941年6月25日，《晋察冀艺术》副刊第17期）

歌唱共产党

——纪念中共二十周年

林采

如果天上没有太阳，

大地变成黑的海洋，

动物不会生长，

草木就要枯僵……

嗨！中国如果没有共产党，

人民如果没有共产党，

就像地上没有太阳光！

如果船上没有舵，
风浪向着船身裹，
桅杆折断船底破，
船儿沉入海底涡……

嗨！中国如果没有共产党，
人民如果没有共产党，
就像船儿没舵沉入大波浪！

如果一旦洪水暴涨，
烈火又遍地飞涨；
大地陷入水与火的疆场，
敌人又举起了杀戮的刀枪……

嗨！中国如果没有共产党，
人民如果没有共产党，
谁能拯救我们出死亡？

只有共产党，
呼喊共产党，
跟着共产党！

水里水里去，
火里火里去，
跟着共产党！

跟着共产党，
幸福和解放！

嗨！我们歌唱共产党，
我们歌唱共产党，
歌唱祖国，人民要解放！

六月二十七日夜

（《晋察冀日报》1941年7月1日，《老百姓》副刊第67期）

我们拥护共产党

贾明

我们拥护共产党
抗日救国好主张
坚持团结打日本
反对分裂与投降

我们拥护共产党
处处都为人民想
各个阶层都顾到
不论工农□学商

我们拥护共产党
说的做的永一样

不像那些骗人鬼
专在人前大扯谎

我们拥护共产党
坚定跟它奔前方
争取解放与自由
快乐幸福大家享

（《晋察冀日报》1941 年 7 月 1 日，《老百姓》副刊第 67 期）

眼泪掉在麦地里

倪尼

一

张大妈就有二亩地
从打冬天指望它

地里的麦苗长得绿油油
水生生的怪爱人
这几天已经打包了

张大妈一走到地里
看着麦苗心欢喜

再过一个月就是芒种

□石麦子打饥荒

剩下的冷了换个新棉袄

二

大前天

村里开来了“治安军”

还有二十几个日本人

说是要来挖大沟

保护“皇军”的汽车路

麦子随着铁锨挖起来

老百姓的眼泪随着铁锨掉下去

张大妈又走到麦地里

一切希望都变成了青烟

她像失了魂似的

哭泣在深沟里

（《晋察冀日报》1941 年 7 月 5 日，《晋察冀艺术》副刊第 19 期）

我有一个好朋友

L. VHAND 原作　李巴 改作

我有一个好朋友

真是再好也没有

每次作战真□敢
争着前头不落后
是布尔什维克铁的干部

一颗子弹无情飞
还是中我或中你
眼前忽然一阵黑
他倒我前不复起
你这阶级的光荣烈士

他欲握别将手举
那时我正装子弹
我没有给他手
我即勇敢冲前去
为了亲爱的好同志

我的怒火肚中烧
我的勇气增百倍
前面就是敌人的堡垒
后面是我们的兄弟
再后是我们的好同志在安息

（《晋察冀日报》1941 年 7 月 10 日，《子弟兵》副刊第 13 期）

战　士　谣

四分区 李步田

一

绿军衣，
边区棉，
一针一线紧缝连，
能挡风，
能遮寒，
殷勤送给战士穿。

二

小米饭，
黄菜汤，
给养好坏丢在旁，
抗日战士不□食，
确是敌人致命伤。

三

黄土炕，
铺干草①，
日间多操劳，
睡着好极了。

① 据《烽火晋察冀——刘荣抗战日记选》中国文史出版社 2015 年版补。

一觉①睡到天拂晓，
身体强，
精神好，
勇敢作战把边区保。

四

天光亮，
起了床，
稍息立正学习忙。
气势壮，
兵威强，
追赶日本回东洋。

（《晋察冀日报》1941年7月17日，《子弟兵》副刊第14期）

抵制仇货

□三

日本鬼子毒心肠
运来仇货骗大洋
暗地吸干咱们血
不用刀来不用枪

① 据《烽火晋察冀——刘荣抗战日记选》中国文史出版社2015年版补。

贩卖仇货不应当
奸商臭名到处扬
买仇货的真傻子
反给敌人添力量

抵制仇货好主张
自力更生要加强
打垮敌人毒计策
责任全靠大家当

（《晋察冀日报》1941 年 7 月 26 日，《老百姓》副刊第 71 期）

街头诗七首

一、这里是共和国的领土

这里是共和国的领土。
强盗们！苏维埃的公民没有走，
在草原的边境上，
消灭着法西斯的队伍。

夏伯阳在新的日子里复活了，
兄弟们披上了新的武装。
（羊谷）

附注：报载苏联公民在敌人后方开展游击战争。

二、集体农场

集体农场的花朵，
开放在苏维埃的草原上。

法西斯的坦克，
希特勒的走狗们，
从这里滚蛋吧！

我们集体的意志，
我们红色的战士，
不允许独裁者
在苏维埃的农场上播种！
（羊谷）

三、边区公安局长

看！
边☒，
在马上飞过去……

人民，跳出门栏，
进到“暴土扬场”里
高呼：“万岁！”

——边区公安局长
远了，

啊，他为我们不能休息。

啊，这样的局长
（我们盼了多少代了！）
才是我们的！
（□□）

四、奸细

奸细
像火灾的引媒，
你要不管它，
就会把我们的
成绩，
光荣，
希望，
什么都给烧一片黑！
（史轮）

五、反对假报

假报的人
眼□□小，
用不干净的布
把革命的利益
遮盖起来，
好偷偷地
满足自己。

反对这种人，

可耻的自私自利。

（田丁）

六、“形式主义”

毛主席说：

“没准备的会

干脆不开！”

洛甫同志说：

“我们是革命的

实际行动家！”

把脚抬起来，

让一切空洞的

没内容的“形式主义”

滚开吧！

（田丁）

七、你这家伙

偷偷地离开队伍，

张文岐，

你丢了咱们定襄营的脸呀。

战士们，

讨论着张文岐，

把他的行动当作耻辱。

“看你这家伙，
你吃谁的饭？
你穿着人民的衣服，
你不要脸……”

无数的战士们，
骂着□坏蛋。
（石坚）

（《晋察冀日报》1941年8月14日，《晋察冀艺术》副刊第22期）

向前进攻

林采

谁能测量大海的深沉
谁能扼制雷电的轰鸣
谁能说石头不会变灰尘
喂，同志，向前进攻！

死神也会震慑于我们
排山倒海的刀枪
翻天的旗帜呀

在阳光里飘扬
向前进攻！

让那些无耻的癞狗
跑去向狞恶的敌人磕头
在今天，没有刀枪的地方就没有自由
喂，同志，向前进攻！

即使英雄的白骨筑成高山
即使生命的血流汇成大海
即使你身旁的同志仆倒在一边
我们还是要一样地勇敢
向前进攻！

我们望着辽阔的天空
我们歌唱未来的光明
我们握紧火热的枪筒
喂，同志，向前进攻！

血流了，从血上跨过去
人倒了，从人上跨过去
向前进攻！

看一看祖国的美丽
苦难的人民和苦难的土地
在战斗的英勇里站起

喂，同志，向前进攻！

要是最后的枷锁
还没有击破
要是还有一个敌人
从我们的枪眼里□□
向前进攻！

进攻！
进攻！
进攻！

一九四□

（《晋察冀日报》1941年10月25日）

天　上　星

小竹

天上有星星，
地上有八路军。
八路军呀千百万，
赛[过]天上众星星！
大星星是聂司令，
朱德将军是北极星。

北极星呀定方向，
聂司令带领边区子弟兵。

子弟兵，保国保家杀敌人，
敌人一见就心惊。
青年人呀有志气，
参加八路顶光荣！

（《晋察冀日报》1941年10月31日，《老百姓》副刊第48期）

日本鬼子不可怕

方家祥

日本鬼子不可怕，
只要大家一齐打。
就像这回反扫荡，
打得鬼子
手忙脚乱往外爬。

真可怕的是闹病，
什么工作干不成。
卫生运动快加紧！
身体强壮，
坚持抗战有精神。

（《晋察冀日报》1941年10月31日，《老百姓》副刊第48期）

五壮士歌

老鲁

易水的旁边有座狼牙山
山上云漫漫，山下大风寒
五个壮士的故事呀
永远流传在民间

狼牙山呀高接天空
山上有一座棋盘陀峰
五个壮士在峰顶上
抵抗住二千敌人，四面进攻

我们的主力安全退出来
全凭他们英勇的苦战
五个壮士用枪和手榴弹
把百个鬼子葬在山中间

棋盘陀峰四面没有退路
我们子弹手榴弹都用光
班长号召大家把枪支毁坏
五个壮士一齐跳下悬崖

就在那狼牙山上呀

躺下了我们英勇三弟兄

五个壮士的名字呀

从此永远流传在四方

（《晋察冀日报》1941年11月16日，《子弟兵》副刊第19期）

互　助　歌

老成

你是抗日老百姓，

我是抗日老百姓，

大家都是一条心，

要把鬼子赶出境！

今年鬼子大“扫荡”，

烧杀抢劫闹得凶。

有的同胞没饭吃，

有的同胞住不成。

这些问题怎解决？

全靠互相来帮助。

张三没的吃，

借他二斗谷；

李四没处住，

让他两间屋。

民族友爱要发扬，
哪怕千难和万苦！

（《晋察冀日报》1941年11月18日，《老百姓》副刊第77期）

到处开展交通战

战士 杜福林

模范队、青抗先，
拿上镐头和铁锨，
到处开展交通战，
破坏铁路割电线，
铁丝网儿都砍断。
汽车路、封锁线，
搅□平毁莫迟延，
鬼子交通没法办，
我们好打歼灭战，
管叫鬼子快完蛋！

（《晋察冀日报》1941年11月18日，《老百姓》副刊第77期）

疯 妇 人

林采

不知道自己抱着的是一件破烂的衣裳，
不知道自己已走到人生的悬崖的疯狂，
像一阵旋风，从这里卷到那里，
像一片枯叶追逐着汹涌的波浪。
呼喊着孩子，呵，那亲爱的熟悉的名字，
有如荒芜的墓地的一个飘忽的幽灵。
飞散蓬乱的头发，
没有终止地跑着，
呵，向着那丘陵如波的寂寞的旷野，
去寻找生命的诱惑的火光……

世间再没有痛苦与悲哀，
比这疯了的妇人的重大而凄惨。
呵，当日本强盗的罪恶的奸污，
和着山岳似的战栗的恐怖，
压碎了她的淳朴的贞操的灵魂；
而睁大愤怒的眼睛，
在自己的温暖的母亲的怀里，
被夺去了生命的夸耀的孩子。
呵，亲爱的孩子，
在日本强盗的手里，
颤动着娇嫩的两腿，
尖声地啼叫，喊着母亲；

在刺刀的戏弄下，
小小的乳白的身体，
从大腿，被撕裂成两半，
而抽搐着模糊的血片，
抛掷在母亲的面前……
不幸的女人，呵，可怜的母亲！
这爱与恨的雷霆的一击，
天地在她的面前变成了茫茫无边的黑色；
而痛苦地抓打着自己的胸脯，
呼□出我们这世纪的
生命的最不祥的调子呀，
风似的跑向冷凄的原野……

——日本鬼子呀，
你们不要压在我的身上；
你们还我的孩子！
呵，我的孩子，孩子在我的怀里，
孩子，好好地睡一睡呀，
娘给你奶吃。
哈哈！孩子，你这小调皮，
孩子，我的小小的宝贝……
嘿！我是一阵风，
我要过来，你们避开些。
哦，大树呀，
破败的村呀，山呀；
哎，水呀，白云呀……
你为什么向我笑？

你这无耻的天空！
我打死你们，
日本鬼子呀！
孩子，呵，孩子……

这妇人抱着她的孩子的破烂的衣裳，
当做活着的孩子呀；
永远的孩子，可爱的孩子，
亲密地抚慰着孩子，呼喊孩子，
用恐怖的声音保护着孩子。
忽而哭着，又忽而笑着，
□密云低压着的夏日的天空，
暴风雨与轰雷闪电与爆裂的闪光激剧地争斗着的，
痉挛着她的明暗无定的脸色。
呵，踏着埋葬着她的孩子腐烂的骸骨的，
那片被敌寇的烧杀装饰成如此荒凉的，
那片“无人区”的寂寞的旷野。
飞散蓬乱的头发，
没有终止地跑着；
永远的呼喊，狂野的呼喊，
和着冬天的寒风的呼啸，
激荡着千万人的心的凄厉的回声：
“孩子呀！孩子呀！……”
(晋察冀北岳区文救会编)

一九四一年十一月一日

(《晋察冀日报》1941年11月22日)

组织游击队　袭扰日本鬼

战士 杜福林

西风吹，天气凉，
模范队员上战场，
拿上炸弹和快枪，
袭击敌人勇难当！
你一刀，我一枪，
日本鬼子遭了殃！
我们开展游击战，
鬼子日夜心发慌。

（《晋察冀日报》1941 年 11 月 25 日，《老百姓》副刊第 78 期）

月　亮　高

老成

月亮高，明光光。
三嫂下了冬学堂。
回头看见她四妹，
二人拉手把话讲。
三嫂笑嘻嘻：
“四妹听我说，

去年上冬学，
识字不算多；
今年我要大加油，
模范学生数着我。”
四妹点头笑：
“三嫂真努力！
三哥知道了，
一定很欢喜。
我也要加紧，
跟你比一比。
毕业那一天，
看看谁第一。”

（《晋察冀日报》1941年12月9日，《老百姓》副刊第79期）

人类的早晨

——为罗斯托夫的胜利而作

军城

序曲

用粗俗的语言
来侵犯神圣的□坛
诗人们，□原谅我吧，我是个□枪□的战士
我不会写那粉红色般的咒文
但是，当黎明的时分

我曾经守望在山头

体验□黎明前夜的漆黑与□□

我守望着自己所预期的光明

我眼睁睁地看着

太阳从地平线的尽头升起

□一座红色的地球

向我滚来

于是，我歌唱了

呵，这伟大的人类的早晨

一、土地，光荣

从地球的最后一次冰期，到今天

是几百个世纪了

呵，俄罗斯

你北方的冰雪寒冷的旷□

在古代的历史中

你□□忘却的

在人类能够记忆的日子里

你留给了我们一个可怕的阴影

你黑暗的民族的牢狱

你残忍的专制的沙皇俄罗斯呀

你的邻近——

那美丽的高加索的田野

那丰富的吉尔吉斯的草原

那密茂的西伯利亚的森林……

都变成了可怜的奴隶的国土

你□恶的沙皇俄罗斯呀
在人类的记忆中你不曾是光荣□
但是，无产阶级的十月革命
把你举了起来
像一座崇高无比的纪念碑
从此就威临着这陈旧的世纪了
全人类都在昂头望着你呀
因为你成了社会主义的苏维埃的土地
因为乌拉山，这陌生的地名
而今是生产白金、黄金与钢铁的母亲
因为顿巴斯，这富饶的社会主义的煤田
已居住着无数万被解放了的普罗米修斯
那斯泰哈诺夫式的苏维埃的工人
因为巴库的无量的石油
它压抑而又激励着侵略者的□□
因为……
呵，你激流的第聂伯的河水呀
苏维埃的人民终于驾驭了你
电力就和你的名字分不开了
就是你凶猛无□的伏尔加河
不用汹涌，不用骄傲
你也要像那怒吼和奔驰在田野的拖拉机
被苏维埃的农村使用和驯服
呵，你优美的静静的顿河
饮了你的河水，那血液般的琼浆
哥萨克人□生得异样的勇敢和顽强

从此，那中世纪的鞑靼人的强盗
就再也不敢跨近你的身旁
呵，静静的顿河，你这英雄的故乡
感激苏维埃的作家，特别是年轻的肖洛霍夫
使得全世界的人民
都对你发生了强烈的爱情
至于你茫茫的遥远的西伯利亚
已不再是旧日□难者的坟场了
而今成了苏维埃人民快乐的新乡
就是那地球□来就被人遗弃的北极
苏维埃国家的英雄
也对它作了最热情的拜访
呵，你苏维埃的俄罗斯呀
(你今日所有苏联的国土)
关于你我是说不完的
在并不长久的年月里
你已变得这样的丰富和温暖
呵，是的，你还年青
但你已获得了人类最高的光荣
耶路撒冷在你面前完全失去了光彩
地球上还有什么地方可以与你比拟呢
呵，呵，你冰雪而不寒冷的苏维埃的国土呀
请问谁是你光荣的给予者
呵，是从十月走来的人类的儿女
是社会主义的领袖和人民
为着保卫你，保卫你的光荣，今天

他们又暴雨般地在流洒着纯洁的鲜血了

二、战争，暴君

在人类的来路上
战争，这凶恶的野兽
留下了多少污秽的迹印
战争，这可怕的灾祸
比黑死病还要骇人
呵，你知道那美丽的古希腊的雅典
那人类文化的摇篮
那狂妄的薛西斯，那饥饿的波斯人的王者
把它像干柴般作了士卒的篝火
这无知的愚昧的野蛮人
可是，我知道，逃回撒狄的
只剩下了薛西斯这个光棍
可怜的士兵大众
都给战争的饥饿与瘟疫淹没
而到亚历山大时代
不少的波斯的都城
就遭受了报复的命运
亚历山大，呵，这暴戾虚□的青年人
像颗炸弹投中了地中海东岸的推罗
这□忙的古代东方和西方的要路
从此，就再不见那冒险的商贾
那虔诚的顶礼的教徒
至于那繁华的迦太基

呵，那号称百万人民的古代□□
它是给那浮躁的西庇阿的军队
那贪婪的罗马人毁灭了的
北非洲的面容也随着凋零
而罗马却并没因此富盛
□回的不过是全国的骚乱
人民的困顿与饥寒
这就是西庇阿的胜利品呀
（是历代每一个侵略者的胜利品）
呵，希特勒
你这现代的屠杀者
你这□特立和威廉的遗类
你这罗马冒险将帅的后生
你这日耳曼民族的□主
你这无耻的的卑小的赌棍
你凭了什么
你要和新人类的圣地
莫斯科，这新文化的都城
赌赛你最后的命运
要知道，比之于历代的暴君
希特勒，你这流氓是更无作为的
在这不屈服的俄罗斯面前
我知道你很多祖宗的臭史
大流士，那古波斯的皇帝
历史上第一个雄霸东方的伟人
南俄罗斯，这肥美的国土

就第一次遭受了他的侵凌
可是，那自由的游牧民族
那塞种（注一）的勇敢的儿郎们
巧妙地避开了大流士血污的刀锋
他们旋风似的绞缠大流士的军队
拆断河桥
捣毁牧场
填塞水井
□大流士，这异乡的强者
开展了原始的游击战争
呵，大流士，这狡猾无情的军头
他看见了这可怕的将到的灭亡
他遗弃了老弱的士兵
他□□着抱病的伤兵
他悄悄地逃遁了
那为着他一己的虚荣
远离故国的忠顺的波斯人
就成了塞种人的可怜的俘虏
于是在滚滚的多瑙河的北岸
我们就看见了那饥疲的
那恐惧的，疑怀的
那无声的，肃静的
狼狈不□的士众
面□着狼狈的漏网的大王
失望地眼瞧着彼岸残余的浮桥
像一条伸出的河堤

给汹涌的波浪冲打着
而塞种人的□者
此时已在近处的森林中出没了
二十多个世纪过去了，好快
这同样的悲剧式的历史
第二次在俄罗斯的土地上发生
呵，那专制的暴徒，拿破仑
那自我虚荣的西欧大陆的霸王
那态度骄纵卑视女子的鄙夫
那新恺撒主义的自命者
原来是那荒淫无度的少年
那姑娄巴（注二）石榴裙下的浪子
那无赖的恺撒的□□人
一八一三年十月的一个晚上
在饥□空阔的莫斯科城内
我们看见了拿破仑，这一世的英雄
这终于悲剧式的破灭了的英雄
一个面目黝黑身材短小的汉子
他沉思着，满脸涌着愁云
他在计□如何退却他的大军
突然，他狠狠地拳击着桌子，说
万能的上帝，呵，我的救主
为什么你不把面包搬来我的军营
为什么你不打退这俄罗斯的寒冷
不，不，我不要这□，呵，上帝
你不肯降灾于这倔强的俄罗斯人

就应该给我架一座吊桥
从莫斯科□□巴黎的城门
呵，上帝，我要退我的大军
呵，上帝，我要退我的大军
我不知拿破仑是否虔诚的基督教徒
我可的确知道上帝不是一个小兵
他始终没有服从拿破仑的命令
拿破仑把大军交给了缪拉
这后来的没有士卒的将军
第二天，莫斯科就不见了拿破仑的身影
他也悄悄逃遁了，这大流士的得意门生
一个礼拜以后，在德国境内
我们重新看到了这可怜的皇帝
只带着几个手无寸铁的卫兵
他六十万的大军又哪里去了
呵，请你问那坚强的俄罗斯的农民
请你问那冰天雪地的泥浆
那不可抵抗的饥饿与寒冷
请你问缪拉，那逃入波森的
丢掉了部队的“空军司令”
随着在风坦勃卢，我们最后看见
拿破仑失去了他所矜持的虚荣
呵，俄罗斯，你不单是丰富的国土
你简直是地球上最美丽的坟场
历代的暴君都想到这儿把自己埋葬
呵，希特勒，你又算得什么

你这暴君的灰孙子
你不过那历史的奴隶主的最后殉葬者
那图在“百日”（注三）里赌最后命运的一个流氓
啊，希特勒，我正看着你
看着你的毁灭与死亡

三、领袖，人民

呵，历史，这人类的血泪的□□
这港湾交错岛屿星罗的海洋
人类来到今天
谁知道走了多少曲折的错路
回头看，是一片的烟火与黑雾
这是可怕的历史的景象呀
但是，在这阴森的历史的林□里
我们仍然看见了几星耀眼的光芒
为着战争
暴君来了
而把人类的爱情的种子散播
就有伟大的先知和智者降生
当纪元前六世纪的时候
在尼泊尔边境的森林内
我们看见了一位□□的美少年
他是释迦部落中的贵族子
族人们称呼他叫悉达□□
在他行舆的娱乐的途中
看到了这人间的苦难

他流洒了同情的热泪
于是，在一个月黑的晚上
他背着家人和娇妻逃走了
然而，他没有去到深山
像我们今日那些清修的伪善者
那些贪得卑小的个人之生命的人们
他来到了人民中间
为着排除这社会的纷争
他□说恋爱
他反对私心
为着这人类的爱的事业
他首先把一切都牺牲了
可是，他并未能救了人民
因为他是森林的儿子
他看不见广阔的天空
那无际的海洋与平原
他不是生他那世纪的人群中的一个
离我们这时代又更加陌生与疏远
他只是一个原始的穴居人呵
而今天，在东方的国度里
到处都供奉着一位佛祖
金身袒胸趺坐在莲花台上
人们传说着他的佛法无边
他要把我们受苦的大众
普渡到西天的极乐世界
于是，这不凡的平常人

便变成了□
这是峻严的历史的嘲弄啊
一个□□人类的智者的遭遇
还有比这更可怜的吗
呵，有的，相隔不过六个世纪
有一个传说中的基督出世
这先知者今日的画像
是位翕然玉立的仙翁
不过在当时加黎利地方
往来于□□与风尘之中的
只是一个赤贫的教师
一个面孔清癯的老人
我不□述他□史的遭遇
我说过，耶稣演的是更惨的悲剧
为着坚持他天国与博爱的说教
在残酷的十字架上
捐弃了他的生命
…………
于是，那宝座和安乐椅上的
教皇□、主教□、牧师□
便世世代代□役□人□的暴君
但是，耶稣，你一世的圣人
即使你今天真复活过来
也用不着哭泣，也用不着伤心
地上已有你所预言的天国
你信仰寄托的万能的上帝

在我们这儿是一些平常的凡人
呵，请听我说，全地球的人民
新的万能救世主已经在世
他是马克思和恩格斯的学生
是伟大的伊里奇和斯大林
是伊里奇与斯大林的党
是正直的“人之子”（注四）
是布尔什维克的人们
呵，布尔什维克是地球的真的主宰
布尔什维克知道人类的过去与未来
这狂野的时代的骏马
除了布尔什维克又谁能掌握这强硬的缰绳
呵，布尔什维克是万能的……
他要把全地球都变成天国
这天国里没有长翅膀的慈祥的使者
但任何人都将能架着飞机
像紫色的春燕一般
飞掠过别家的屋顶
这天国里也没有的甘露
能使田野在一夜长出五谷
但他可以给我们拖拉机
叫我们贫困的农村变得丰盛
这天国里更没有种植人生果
但他可以叫白发的老头儿
也生活得快乐，变得年青
这天国里是最博爱的

他将新鲜的面包
香甜的米酒
漂亮的衣服、皮鞋……
分给一切劳动的人们
这天国里是最平等的
这儿没有阶级
没有君王
没有臣民……
斯大林和我们是一般的弟兄
你可以称呼他同志和他握手
呵！新的救世主是布尔什维克
我们都随着布尔什维克去吧
不管法西斯，这人类最后的暴君
怎样用战争与火焰来迫害我们
布尔什维克终有能力叫我们胜利
谁也不能阻止这人类行列的征程
走呵，走呵，随着布尔什维克走呵
布尔什维克永远不会背弃人民
走到了海洋
他会给我们搭上浮桥
碰见了高山
他会给我们架起扶梯
遇着了□林
他会开辟一条广阔的大路
让我们自由地通行
走呵，走呵，举起大家的手来

我们已临到了这伟大的人类的早晨

一九四一年十二月三日晨

（注一）塞种为当时居留于南俄罗斯土地上的一游牧民族的名称。

（注二）姑娄巴为古埃及女王，恺撒征服埃及时□之。罗马将帅与姑娄巴有染者，尚不止恺撒。

（注三）“百日”，史家指拿破仑自厄尔巴逃出至滑铁卢战败二次被执这个期间。

（注四）耶稣当时曾自称为“上帝之子”或“人之子”。

（《晋察冀日报》1941 年 12 月 11 日）

上　冬　学

立德

地里的活忙完了，
上冬学，最重要。
好机会，要抓紧，
别让光阴浪费了。

识字多，真正好，
文化水平要提高。
又会写，又能□，
还能看懂新文报。

学政治，更要紧，
国家大事都知道。
不断努力求进步，
抗战工作才能干得好。

学军事，打游击，
多学多做多明了。
消灭鬼子的好办法，
巩固边区把家乡保！

（《晋察冀日报》1941 年 12 月 23 日，《老百姓》副刊第 82 期）

过 新 年

老成

过新年，第一要庆祝：
民主自由的生活里，
大家伙儿真幸福！
敌人的阴谋毒计被粉碎，
从今后边区更巩固。

过新年，第二要认清：
二十五国齐宣战，

敌人更加发了疯；
他困难重重没法办，
难免来个新进攻，
我们要时刻准备别放松。

过新年，第三要努力：
军民团结保边区，
各种工作都要更积极。
和全世界人民在一起，
合力反对法西斯！

（《晋察冀日报》1942年1月1日，《老百姓》副刊第83期）

欧　罗　巴

林采

鞭策时间的老马，
已经临到历史的悬崖。
呵，欧罗巴，当经过百年的盛宴，
资产阶级末路的后代，
正酣醉于席散的歌舞，
从日子的多门手枪的外套里，
突然暴涨了反叛的进军。
无产阶级的粗硬的指头，

扼住了这人类的暴君的咽喉，
而为了收拾那杯盘狼藉的残局，
从□污的政治的石榴裙下，
他们放出了一只久经训练的疯狗。
希特勒，以他的感激的疯狂，
于是开始了世纪的蹂躏……

从克虏伯的罪恶的烟囱，
跟着卐字旗风轮的无耻的转动，
吹卷着恐怖的狂风，
战争疾走着；
死亡的雨点
降落在欧罗巴的无边的原野。
呵！卑污的盗贼的欧罗巴，
歇斯底里的欧罗巴，
联结着法西斯的命运，
跳跃在死亡的边沿的欧罗巴！
在那里，踏过饥饿大众的头颅，
希特勒的魔鬼的手指，
正牵动着墨索里尼与曼纳林辈的鼻子；
而举起绝命的铁鞭，
驱赶着千百万善良的人民，
走上炮火交织着的死亡的火线……
污秽的欧罗巴，呵，地狱的欧罗巴，
在希特勒的疯狂的脚底下，
被装进了黑暗的中世纪的棺材的欧罗巴。
在这里，在荒凉的小径的边上，

倒下了历史的路碑……

不是人民的欧罗巴，
呵，断头台上的欧罗巴，
在法西斯的生命的铡刀的统治下，
在那些被灭亡了的国家：
开着牢狱的门，
走向饥饿的坟，
大地泛滥着失业的人群，
人间充溢了杀戮与血腥。
呵，自由被绞杀了，
在黑暗的深渊的底层，
哭泣着□□的灵魂；
生命的刹那□欢笑，
像一朵花儿似的在人们的脸上凋落了。
恐怖的欧罗巴，
呵，灾难的欧罗巴。
在希特勒的脚底下，
不安地颤动着的欧罗巴；
伸展无边的旷野，
狼藉着无人收殓的尸体，
而朝向阴暗的天空，
簇立着哀愤的山峰……
呵，这是多么不幸的，
欧罗巴！

不要哭泣，

绝望的是傻子。
呵，欧罗巴，黑夜过去就是白天，
这世纪的黎明就要到来。
欧罗巴，正经历着她的痛苦剧烈的年代，
像产妇到了临盆的前夜，
暴君的权力也有一个界限。
当被压迫者到了无法生存的时候，
从黑暗的深渊的底层，
爆发出反抗的吼声。
呵，打开牢狱的铁门，
高举起手臂的森林，
劳苦大众的刀枪，
就作了人类的命运的保证。
呼喊着的欧罗巴，呵，战斗着的欧罗巴。
吹卷着革命的狂风，
将要复活了，
“巴黎公社”的欧罗巴！
在那里，无产阶级的浩浩荡荡的进军，
朝向布尔什维克的光明的导引；
团结着一切不愿做奴隶的良心，
正走向人民的道路……

革命的欧罗巴，
呵，作着生与死的斗争的欧罗巴，
勇敢的前进的欧罗巴！
当沉醉于侵略的梦想，
希特勒的卑污的猪嘴，

伸进了美丽的十月的国土，
英勇红军的抗击，
用猛烈的炮火，
严惩了背信弃义的行为。
而在那露西亚的无边的原野，
堆起了五百万、六百万，
呵，无数万……
被法西斯主义凌辱了的□□的尸体……
在自由的欧罗巴，
在幸福的欧罗巴，
把斯大林的旗帜插入云霄，
坚强地行进着的欧罗巴。
呵，不屈的战斗，
预约了历史的胜利。
朝向莫斯科，
一致地呼喊：
消灭法西斯！
同志们，打死希特勒！……

时间疾走着，
像匹快马。
向着自由的道路，
欧罗巴，
是不会屈服的。
呵，欧罗巴，
这曾经是马克思的故乡、恩格斯的故乡，
也曾经是诗人的故乡。

在那里，躺着歌德和但丁的坟墓……
人间的智慧的亮星的照耀。
欧罗巴，要站在世界革命的前头！
暴徒的统治不会长久，
千年的雪山也要崩溃。
想起了一八七一年（注一），
热情风暴的日子，
欧罗巴的人民，
将以夸耀的记忆，
在灼热的火里，
伸进勇敢的手去……
美丽的欧罗巴，
呵，神圣的欧罗巴，
光荣的工人的欧罗巴！
凭着不死的□□，
伸向无边的旷野，
出没于沼泽和森林，
呵，人民的□队（注二），
联结着城市的大罢工，
火热的破坏与建设；
借饥饿大众的头颅，
在革命的荆冠里，
五十年正在前□……

不要奇怪。
让那些充满着内心的矛盾，
披着“和平主义”的外衣，

彷徨于战争的道上；
让那些没落的资产阶级的政治家，
去经□他们的世纪的苦闷（注三）。
但是现在，应当欢迎丘吉尔先生。
从莫斯科，经过伦敦，到华盛顿，
握紧统一战线的链索，
举起大众的手臂，
去开辟幸福的土地。
呵，把罪恶的法西斯，
关进历史的疯人院里……
青春的欧罗巴，
呵，矫健的欧罗巴；
描画着美丽的未来的日子的，
人民母亲的欧罗巴。
给大众以自由呀！
给大众以和平呀！
给大众以面包呀！……
黎明的酒杯，
□在前面，
朝向莫斯科，
勇敢地前进！
哦，欧罗巴！

一九四一年十一月二十日平山

（注一）一八七一年五月，由于普鲁士侵略军的进逼巴黎、法国资产阶级梯亥尔政府的屈膝投降，光荣的巴黎工人第一次举起了世界无产阶级革命的旗帜，建立了举世闻名的“巴黎公社”。

（注二）在希特勒的反动统治下，在南斯拉夫，在希腊，在阿尔巴尼亚，在一切被奴役的国家里，以无产阶级为骨干，□组织了和不断地组织着成千成万的人民反德的游击队。他们到处活跃着，无日无夜地袭击着希特勒的驻防军（在南斯拉夫，并且已经建立了广大的反德根据地）。在法国，爱国志士暗杀武装干涉者和卖国贼的案件，层出不穷。在挪威、捷克以及其他的国家里的无产阶级，正高涨着他们的怠工与罢工的激浪，来回答了和摧毁着希特勒的黑暗的统治。

（注三）德苏战争爆发后，英美的政府与人民，虽然马上伸出友情之手给苏联，结成了□苏英美为主干的世界反法西斯统一战线，并且在物质上与精神上给苏联的抗战以很多的援助，但是很明显地，在他们的内部，还明目张胆地蠢动着那□所谓“孤立主义”的乌龟们。这些家伙，如英国的驻美大使哈里法克斯、美国的林白等，也□是坚决反对援苏与出兵大陆的。他们也许正在梦想着希特勒的“反苏十字军”的“光荣”的组成。对于这些家伙，正如英美以□全世界的人民所期□的，我们希望英美政府能断然处置，把他们从政府里面驱逐出去，监禁起来。

（《晋察冀日报》1942年1月3日）

盖起房子打鬼子

郭巩

到处平沟又破路，
吓得鬼子不出头。

破击战日夜出击，

得到敌人无数铁丝和木头。

把木头一根根运回来，

我们再把它修成材。

敌人烧了咱们的房子，

用这些木头盖起来。

有了房子住，

大家不受难，

打起鬼子来更加方便！

（《晋察冀日报》1942 年 1 月 6 日，《老百姓》副刊第 84 期）

哨 兵 颂

鲁南人

我站在太行山的底边，

滹沱河的边沿，

我握住一支枪，

正视着前方！

前方时常有豺狼，

夜里出来猖狂。

我就举起这支枪，

奔向前方去打豺狼！

我是一个哨兵，
我像一只夜鹰，
我看守夜的行进，
我是夜的主人！

千百万人的生命，
都寄托在我身。
我要使广阔的边疆，
永远保持安顿！

我是一个哨兵，
我是夜的主人！

一九四一年十一月十二日

（《晋察冀日报》1942 年 1 月 11 日，《子弟兵》副刊第 27 期）

从前方抬下来的担架

□廷□

自卫队员抬着担架
轻轻地迈着脚步
在那崎岖的山岗上
伤员们在上面安详地躺着
从前方抬下来

伤员身上染着片片红血

老乡们的汗从脸上流到地下

他们的血与汗

都是为着一个目的

——赶走日本强盗

（《晋察冀日报》1942年1月11日，《子弟兵》副刊第27期）

她代替哥哥（街头诗）

中国人

哥哥，

牺牲了。

小姑娘说：

“我代替哥哥……”

她张开两手，

拉着毛驴，

送子弹

到前线去！

（《晋察冀日报》1942年1月16日，《晋察冀艺术》副刊第27期）

孩子，谁杀死了妈妈

席水林

血流在妈妈的身上
妈妈的眼睛
闭上了
永远闭上了

孩子
谁杀死了妈妈

（《晋察冀日报》1942 年 1 月 16 日，《晋察冀艺术》副刊第 27 期）

枪和子弟兵

仓夷

死也不能屈服的！
不能屈服的！
你是光荣的战士，
你是铁的子弟兵。

光荣的战士啊！
你在人民的欢呼中站起来，

你用粗厚的手掌
握紧了边区自造的步枪，
你的脸庞和枪机上
都闪跳着钢铁的光芒。

（永远闪亮的光芒啊！
涂上殷红的血液，
你就更加壮丽了。）

勇敢的战士啊！
你一次一次地上战场，
你瞄准着你的新步枪，
敌人从没有一个在你的枪弹下逃亡。

你是那么坚强啊！
你要消灭那残余的仇敌。
子弹虽然打尽了，
枪尖的刺刀还很锋快呀！

敌人的三八式比你的步枪长，
当你还没有刺到敌人的时候，
敌人恶毒的刺刀啊，
已经刺进了你的胸膛。
（战士啊！血流到脚尖的时候，
你的复仇的决心是更加坚定了。）

你这太行山的铁的子弟兵，
你这死也不屈的战士，
你迎着敌人的刺刀挺进，
你为着要够得着刺杀敌人，
你让敌人的刺刀刺得你更深、更深……

敌人终于在你的刺刀下倒了。
不屈的战士啊！
你还紧抱着边区自造的枪，
钢铁的光芒上
渲染着血液的殷红……

一月二十五日

（《晋察冀日报》1942 年 1 月 30 日）

英雄的死之歌

——纪念李子文同志

小林

一个人的死是没有什么足以悲哀
尤其是一个革命者死在他的神圣的岗位上
然而朋友和同志哟，你的死震动我的心灵
我不自觉地落下奋激的眼泪
在你的死的形象的面前

我的头沉重得不能抬起
我感到一种压抑，一种山似的压抑
我的心为对于你的忆念而痛苦……

呵，我的珍贵的朋友，我的同志哟
当人家为我述说你英勇地战死的场面
我是多么激动于你的壮烈的姿态
敬爱的朋友哟，我似乎看见
一群没有带枪的人
被敌人追赶着往山上逃奔
敌人的子弹在你的头上响着、飞着、旋转着
敌人的刺刀亮在你的面前
你，你的英勇的坚决掩护别人撤退
你扔出去一颗手榴弹
敌人的刺刀包围你了
你牺牲了，在你手上另一颗手榴弹的爆炸里
呵！我的朋友哟，别人都安全地撤退了
而你却以碎裂的肢体躺卧在山间
你以你自己的死救活了你的亲爱的同志……

哦，这是英雄的定义
这是在战争中的一个布尔什维克的典型的死法
我的珍贵的朋友，我的同志哟
你曾经活着而且工作
你是属于党的
你现在死了，你仍然属于党

你是永远属于党的
呵，你是我们党的历史上的一颗光荣的珍珠呀
你以你的纯洁的血液的献祭
培育而且光辉了祖国的生命
哦，自由，它将要从你的尸体上升
它要去拥抱人民
对于你的记忆将永如绿色的春天
人民将永远歌唱赞美的诗篇

呵，想起了我们南方的故乡
那孤独地住在海边的你的年老的母亲
敬爱的朋友哟，我将对她说些什么呢
她也许会哭，然而她会笑吧
因为她养育了这样一个英勇的儿子
我知道，同志，你临死的时候没有想到她
你抛弃了一切人间的顾虑
抛弃了一切家庭的诱惑
你巍然地站立在死的面前
你为一个革命者的无瑕的灵魂
你在革命中找到了你的生命的母亲
哦，我们的党，我们生命归结的所在
我们将一切通过她而献给祖国与人民
最后我们献了死……

是的，我们是这样的年青
甚至年青得不懂什么事儿

——让那些世故者们嘲笑吧
但我们的心是正直而热情的
我们把一切献给了革命
呵，我的珍贵的朋友，我的同志哟
我也不是懦怯的
在革命安排给我的日子里
在将要来临的更加残酷的季节
我不仅要呕出我的心血，我歌唱
我也擎着我的枪
我将以溅血的生命献祭
在为着自由而筑的英雄的祭坛
我也不是惜命者
呵，敬爱的朋友哟，静静地睡吧
在黄土下，有着祖国的温暖
胜利将要到来的
你将在人民的心里复活

一九四二年一月二十四日平山

附注：李子文同志，浙江温州人。一九三八年到延安，入抗大，一九三九年一月到边区，四月毕业，至军区教导团担任青年干事，后又调至工业部做青年工作。其工作细心而热情，在青年竞赛中其所属青年工作曾获得第一名。在去年秋季反扫荡中，李子文同志与其同伴（非战斗者）与敌人遭遇，单人掩护其他同志撤退，被敌人包围不得脱身，因以最后一颗手榴弹壮烈殉难，年仅二十一岁。

（《晋察冀日报》1942年1月31日）

太平洋

白水

太平洋呀白茫茫，
白茫茫呀起波浪。
日本军阀又冒险，
太平洋上逞疯狂。
日本老百姓，
更加遭了殃！
男子被迫去送死，
妇女老幼饿肚肠！

太平洋呀宽又宽，
天连水呀水连天。
全世界人民齐动员，
要把法西斯狗强盗
淹死在那水里边！

太平洋呀深又深，
千百万人民一条心！
大家伙一齐来下手，
最后胜利属我们！

（《晋察冀日报》1942年2月10日，《老百姓》副刊第89期）

春打六九头

晨

春打六九头，
河里冰消显水流，
冻结的田地松开了，
地里的活又该动手。

春打六九头，
庄稼人扛起锄头，
打圈里牵出大黄牛；
“打打，列列！”“打打，列列！”
牛儿拉着犁耙绕地走。

春打六九头，
军民合作齐下手。
多开荒，多修地，
春天多把血汗流，
收成好，大家来享受。

（《晋察冀日报》1942年2月18日，《老百姓》副刊第90期）

爬　山

——生活素描之一

鲁南人

一连人站在谷底
严寒的风霜
从我们的嘴里
呼出暖气

同志，拿好你的姿势
战斗的□号响了
像冲锋一样
勇敢地上去吧
石头绊不倒你
踏碎荆棘前进

一九四二年一月二十五日

（《晋察冀日报》1942 年 2 月 22 日，《子弟兵》副刊第 33 期）

我们相信你

——给伪军兄弟

徐朔

在战场上，
也许你们打伤过我们的兄弟。

可是我们知道
你受骗了。

（也许在夜晚，
你曾流着泪悔过的吧！）

我的兄弟们，
回过头来！

我们相信你
对祖国是有良心的！

（《晋察冀日报》1942年2月28日，《晋察冀艺术》副刊第31期）